安達 瑶

悪徳令嬢

実業之日本社

目次

プロローグ

「ではここで、オリンピック日本代表候補の模範演技をご覧に入れましょう！」

華々しいアナウンスで、選手が迎え入れられた。的の近くで見守る私は感無量だった。

よくぞここまで成長してくれた。

オリンピック候補に選ばれた彼は、私が手塩にかけて育ててきた教え子だ。

この華やかな場で、彼は今、大勢の注目を浴びている。さぞかし誇らしいことだろう。そして私も、そんな彼を育てることが出来て、心からうれしい。

まだまだ日本ではメジャーとは言えないスポーツであるアーチェリーだが、彼には華があるしスター性もある。晴れの舞台で活躍すれば、この競技にもスポットライトが当たって人気が出るに違いない！

「それでは、選手の入場です！」

私は最後の確認のために、的をチェックしに行った。万が一にも的の側（そば）に誰か居ないか、それを確かめねばならない。弓矢は本来武器なのだから、当然、殺傷力があるのだ。

確認を終えた私は、的の脇の、安全な場所に退いて待機した。

「では、エキシビションの第一射です！」

場内に緊張が高まるのが判(わか)った。

私が心から愛するひとも、会場のどこかで、このエキシビションを観(み)ている。

ゆえあって表には出せない関係だが、私たちの愛が揺らぐことは決してない。今までも、今も、そして、これからも。その相手を想(おも)うだけで、私の心はさらなる幸福感で一杯になった。

が。その時。

とんでもない光景が目に飛び込んできた。

今、まさに矢が射られようとしているのに、射場に立ち入ってきた者がいる！それも、射手と的のあいだに。

考えるより早く身体(からだ)が動いた。私は無我夢中で駆け寄り相手を的から遠ざけようとした。

その瞬間。

頭に強い衝撃を受け、何が何だか判らないまま、私は倒れた。

悲鳴と怒号が聞こえたが、それもだんだん遠くなっていった……。

第一話　出会い

その大学は、丘の上にある。

東京近郊の小さな街の外れにある、こんもりと盛り上がった丘。

私鉄の小さな駅から続く通学路は、文字通り「陽のあたる坂道」。さんさんと降り注ぐ四月の暖かな陽の光を遮る高層ビルなどない。

広い空と緑に囲まれたその丘の上には、瀟洒な校舎の建ち並ぶ、こぢんまりとしたキャンパスがあった。

英国のカレッジをモデルにしたらしく、緑豊かなキャンパスには落着きと居心地の良さが溢れて、気品すら漂っていた。その佇まいは日本の一般的な大学とは一線を画しており、とても絵になるので、以前は映画やテレビがさかんにロケーションに来たらしい。

だが、そのすばらしさを語るとき、過去形になりつつあることが、僕には悲しかった。

こんな素晴らしいキャンパスなのに、その環境を台無しにする、大規模なリニューアルプランが容赦なく進行中なのだ。悲しんでいるのは僕だけではない。完成予想図の立体模型を見せられた大学関係者一同は、ほぼ全員、顎が落っこちるほど驚いた。

緑の丘の上に、タワーマンションのような白亜の高層棟が林立している。どこの駅前の再開発か。

のどかな環境を破壊する建設ラッシュが、今まさに始まろうとしていた。

その第一弾である「大学新本部ビル」は既に完成している。僕がここで教え始めた二年前には竣工間近だったのだ。

広々とした公園のようなキャンパスに一本だけ、にょっきりと屹立する二十階建ての高層ビル。それが新しい「新本部ビル」だ。

この「新本部ビル」だけが建って終わりだと思っていたら、老朽化した校舎すべての建て替え計画があると知った。その完成予想図が公開され、再開発計画の全貌が判ってくると、教員はもちろん近隣住民も騒然となった。一部の校舎建て替え、というレベルの話ではなかったのだ。

文字通り、キャンパスの根本的な再開発だ。

これに反対する住民運動まで起きているし、建設を請け負うゼネコン選定に関する裏金疑惑が先日、文春砲にスクープされたばかりだ。

最寄り駅からの道すがら、「啓陽大学キャンパス再開発絶対反対！」の立看板が幾つもあった。

小さくて可愛らしかった校舎やグラウンド、この大学のシンボルだった森を容赦なく潰して、高層ビルを含む先端的なデザインの新校舎を林立させようという計画なのだ。

これからは若者の人口が減って、学生数も当然減るというのに、どうして校舎をどんどん建てるのだろう？　まるで一大ビジネスセンターのような巨大なビル群が、にょきにょきと空に向かって伸びることになるのだ。

だが、そんなことには関係なく、都心から遠く離れて澄み切った春の空は抜けるように青く、ぽかぽかした陽気に小鳥たちは、可愛い声で囀っている。

なのに。

新年度が始まった春の暖かい陽の光、咲き誇る花の中を、僕はとてもじゃないが美しい春を楽しむ気分になれず、俯き加減に歩いていた。

「春は若く、彼も若かった。が、春の空気は甘いのに、彼の気分は苦かった」

名作をもじった一文が思い浮かぶ。

まったくひどい気分だった。春たけなわの明るさとは裏腹に、僕は落ち込んでいた。

僕、相良拓海・三十二歳独身は、この啓陽大学で教養課程の英語を教えて三年目の非常勤講師だ。

大学ではシェイクスピアを専攻したがミステリーも好きで、アルバイトで下訳を手伝ったりする事もある。が、本業はあくまで、ここで教える事。だが、そんな僕は先月、非常勤講師として三年目の教員のガイダンスに出た時に、担当授業のコマ数が来年度から大幅に減らされること知って愕然とした。

常勤の教員と違って非常勤講師は授業のコマ数に応じて講師料が支払われる。契約時に知らされた授業数でもカツカツだったのに、これ以上減らされたら、生活が出来ない。

コマ数削減は文字通り死活問題だ。だが大学側に文句を言うのは怖い。「じゃあ来なくていいです」と言われてしまいそうだ。

大学側の説明では、コマ数削減の理由として、「学生数の減少」があげられていた。

少子化による若年人口の減少。数年前から私立大学は生き残りをかけて、学生の奪い合いが始まっていることは僕も知っている。

でも……。

自然豊かでのんびりしたキャンパスの雰囲気をぶち壊して、凄い校舎をにょきにょきと林立させるなら、当然、学生の定員増が前提であるはず。学生が増えるなら授業のコマ数だって増えるはず。

しかも、新聞には派手な全面広告を打ち、大学の知名度をあげるためのポスターを学内や沿線の駅など、いたるところに掲示している。学科を増設して定員を増やす話も聞いている。ならば、どうしてコマ数が減るのだろう？

「やあ。貴方も惜別の念に堪えないのですかな？」

今や風前の灯火である美しいキャンパスをぼんやり眺めていた僕に話しかけてきたのは、江藤祥三郎。文学部英文学科最古参の老教授だ。

「私はね、昭和の終わり頃からこの学校で教えてますがね、他所と違ってまーったく変化が無くて、時間が止まったような学校でしたよ、この大学はね。ぬるま湯とか空気が淀んでるとか、時間が止まってるとか言われたもんですが、私にはそれが居心地が良くてね。出来の悪い学生相手に、のんびり雑談してお給料貰えるなんて最高じゃないですか」

七十歳近い老人にしては長身で、口ひげと帽子とツィードのスーツが似合う江藤教授は英国紳士だ。のんびりした口調の中に時折意地の悪い事を織り込むのも英国流だ。

「貴方はここで何年教えてます？」

「すみません。まだ二年です」

　英文学で修士をとり、留学先でPh.Dも取ったのだが、母校を含めて専任の口が無く、長い長い就職浪人生活の末にやっと摑んだのがこのポストなのだ。非常勤だからいわゆるポスドクだ。それでも塾講師やコンビニのバイトよりは安心できる。

「ここはね、まあいろいろ問題はあっても、いいところだったんですよ。かつてはね。まるで公園のような広々した芝生や木陰では、寝転んで本を読んだりボール遊びをする学生がいるかと思うと、可愛い女子学生が輪になってお喋りしたりランチを食べてたりね。広いキャンパスにぽつぽつと建つ小さな校舎を行き来するのは面倒な反面、散歩のようでもありましたな。おまけに、学生寮や教員の住まいもありましたしね。手入れの行き届いた緑には小鳥が集まり、人工だがかなり広い池には渡り鳥が羽を休め、揚げひばりなのりいで、蝸牛枝に這い、すべて世は事もなし。事ほど左様に、それはもう美しい景色でした」

　江藤は目を宙に彷わせた。

「他所の大学は広くもない土地にどんどん校舎を建てて学生を詰め込んで卒業生を大量生産してましたが、ウチは、マイペースでぼちぼちやってました。だから、高度経済成長もバブルも関係なく、およそ半世紀もの間、豊かな自然を守ってこられたんです。なのにねえ……」

この啓陽大学は戦後すぐに創立されてから長い間、文学部だけの単科大学として、あえてこぢんまりとした規模を守ってやってきた。進学率が高まり、学部も増えたとはいえ、広大なキャンパスに比して学生数は少なかった。

知名度は低くても、受験偏差値も低くても、このキャンパスにやってきた学生は、あたかも小さな村にも似て、教職員と学生がみんな顔と名前を知っているような牧歌的な雰囲気の中で、のびのびと学生生活を送っていたのだ。社会に出たあとも、地味ながらもそこそこの評価を受けてきた。

単科から少しずつ学部が増えて、今は文学部・芸術学部・社会学部・経営学部・理工学部の五学部体制だが、それでも規模は小さなままだ。

僕自身は都心のマンモス大学出身なので、この、日溜(ひだ)まりがよく似合う美しい公園のようなキャンパスに愛着を覚えたこともあり、これからもずっと勤め続けたいと思っている。

「江藤先生。僕は新米の非常勤ですから何の発言権もないんですが、江藤先生は著名な教授でらっしゃるんですし、是非、教授会で」

「いやあ、私はダメな教師です」

江藤は僕の言葉を遮った。

「著名と言ってくれるのは嬉しいのですが、売れた本は本業とは関係ないものばかりです。英国の酒とかパブに関するものとか愚にもつかないジョーク集とか。みんな、嘘か誠か、英国に行ったことなんかないのを知らないで、よく買ってくれますよ」

私が英国通で知られた老教授はシニカルな笑みを見せた。江藤は英国に関するユーモア・エッセイが評判の、この大学随一の『有名人』なのだ。

「まあ、とにかくね、ウチみたいな特別ウリのない大学は弱いんです。私は別にこの大学の経営者じゃないけど、勤め先が潰れるのは困るんで、それなりに情報は集めている……貴方、急ぎますか？」

江藤教授は僕を学内カフェテリアに誘った。

いわゆる『旧学生棟』と呼ばれるようになった古い棟には、学生課などの事務と購買、書店とともにカフェテリアも入っている。たしかに古い建物だが、由緒ある教会を譲り受けて移築したとかで、ステンドグラスが美しく荘厳な雰囲気に満ちている。

「ミッション系でもないのに、凄いですよね？　この棟は、以前はこの大学の象徴的存在だったんです。位置的にも中心にありましたしね。でも今は隅っこだし、早晩取り壊されるでしょう。ほれ、そこに建つ予定の新しい学生棟に、学生食堂そのほかとまとめて移るんですよ」

　天井の高いカフェテリアは閑散としているが、営業はしている。入学式や新入生進級ガイダンスが続いて今日から授業が始まるので通常営業になった。ここで出すスコーンや野菜サンドは純正英国風で、とても美味しい。

　老教授は僕にミルクティーを買ってくれて、自分はパイプを取り出したが、火はつけない。キャンパス内は禁煙だからだ。

「ウチはまあ、慶應や成城のような金持ち師弟の通うお坊ちゃん大学の末端で命脈を保ってきたわけで、上智や中央のように語学とか司法試験に強いって事もないし、アーチェリーと相撲以外はスポーツでも実績がないし、卒業生に有名人はいないし……なので有名建築家が手がけた『お洒落な校舎』を売り物にする気なんでしょうか」

　江藤教授はパイプを弄りながら呟いた。

「なんたらヒルズじゃあるまいし、タワーをあんなにたくさん建てて、一体どうするつもりなんでしょう」

「先生」

　僕は江藤教授に向き直った。

「僕が疑問に思うのは、こんなに凄い校舎を建てるんだから、大学としては学生を増やすつもりなんですよね？　なのに僕、今期から授業のコマ数を半分に減らされてしまったんです。半分ですよ！」

「いや、学部とか学科を増やす話は聞いてませんなあ。定員だけを増やすんですかなあ。貴方の疑問はもっともです。新しく増える教室を何に使うんでしょうね？教室だと思ったら、実は分譲マンションだったりして」

老教授はふぉっふぉっふぉっふぉと笑った。

「東京なら、掘れば温泉も湧くでしょう。源泉を掘り当てられれば、温泉リゾートのホテルにするかもしれませんね。大学やってるより儲かりそうです」

「……そうなんでしょうか」

あながち冗談とは言い切れない。

「そうですよ。校舎にしては格好良すぎますよね。高台だから見晴らしもいいし。天気のいい日なんか富士山も見えますからね……」

そう言ってから老教授はいやいやいやいや、と手を振り、苦渋の表情を浮かべて見せた。

「背に腹は代えられませんからなあ」

真剣なのかふざけているのか、江藤教授の言葉に、僕の不安はいっそう募るばかりだ。

「教授はいいですよ。立場強いですもん。そうやって何でもジョークにして笑っていられるんですからっ」

目の前で年下の新米に涙目になられた江藤教授は、慌てて宥めようとした。

「立場なんか……発言力なんかありませんよ、私には。そもそも教授会なんてこの五十年、一回も開かれたことないんですから」

江藤教授は驚くべき事をさらりと言った。

「でも、先生は僕みたいな臨時雇いとは違うでしょう。専任は自分から辞めると言い出すか死なない限り馘に出来ないじゃないですか」

思わぬ反撃を受けて、老教授はびっくりしたようだ。

「あのですね、貴方、この大学は教授の発言力などゼロに等しい。理事会がすべて決めてしまう。で、その理事会が今、揉めてるのは貴方もご存じでしょう?」

「まあ多少は。文春砲の、アレですか?」

「なんだ、知ってるんじゃないですか」

教授は頷きながら説明してくれた。

「揉めているのは、キャンパス再開発をめぐるゼネコンへの裏金疑惑です。特捜検察と、国税が動いているとか。あの理事長は以前からカネに汚くて、出入り業者からいろんな名目で裏金を取っていて、田園調布に豪邸を建てたそうじゃないですか。調布じゃなくて田園調布に。私なんか分倍河原の、駅から二十分の建売住宅にしか住めないのに」

それを言えば僕なんか、東武線竹ノ塚駅徒歩十八分の１Ｋだ。

「理事長に関することで前代未聞の騒動が起きてしまって……まあ、この大学自体、どうなってしまうか判ったものではありませんよ。貴方はまだ若いし、そんなにハンサムなんだから、もっと幅広く将来を考えた方がいいかもしれませんね。たとえば……タレントを目指してみるとか」

およそ現実的ではないことを言い出した老教授を、僕は冷ややかに見つめた。

「冗談にできる話ではないですよね？」

自分でもキツいなと思う口調になった。

「いや失敬失敬……茶化すようなことではありませんでしたね。つい、私の悪いクセが出てしまった。しかしこの騒動には序章がありましてね。貴方が知ってるかどうか……」

「なにかあったということ程度は」

「貴方が来る前の話です。新本部ビルの建設計画は、最初は単独の事業だったんですよ。ＩＴ化を見据えて、大学の経理や運営などの電子化を推進するのには古い建物では無理だという理由で。ところがフタを開けてみると、夥しい数のビルを建てる計画だということが判ったんです。理事長側はキャンパス再開発を騙し討ちのように決定しようとして、揉めたんですよねえ。理事長の強引な方針に反対する『改革派』の理事が結束して、大学創設者・小豆沢圭一郎（あずさわけいいちろう）先生の直系のお孫さんを次期理事長に強力に推したのですが、その人物が不慮の事故で……」

にわかに「富豪の遺産相続をめぐる殺人」のような話になってきた。ミステリーなら、一癖も二癖もある人物複数が暗躍する、お馴染（なじ）みの展開となるところだ。

「その人物、創立者のお孫さんに当たる小豆沢義徳（よしのり）氏は、本学のアーチェリー部のコーチだったんです。ウチの大学はお坊ちゃま大学に不似合いな相撲部が昔は有名でしたが、アーチェリーも強かったんです。世界選手権の日本代表を送り出したこともあるのはご存じですかな?」

「はあ……薄々とは」

「そのアーチェリー部を強くした立役者が、事故死した小豆沢義徳氏です。強豪国のオランダに留学して本場の技を日本に持ち込みました。創立者の孫でもあり、本学の功労者でもあり、内外にも顔が広くて、次期理事長としては、まさに適任だったのですがねえ……」

「だったのですがねって……要するに、お亡くなりになったと?」

僕の問いに、老教授はなんにも知らないのか、という驚きからか、この世の不幸を一身に背負ったような苦渋の表情に移り変わった。

「亡くなった、いや殺されたんです。私の見立てですがね。一応、事故ということにはなっているが……練習中の誤射で、部員が放った矢が、義徳さんのここに命中して」

老教授は自分のこめかみに指を当てた。

「いわゆるすっぽ抜けで、矢があらぬ方向に飛んでしまった、ということになっています。不幸にして義徳氏が、矢が飛んでくるエリアにいた事が原因、ということにされていますがね。的を取り替えようとしていたタイミングも悪かった」

だけどね、と江藤教授は僕に顔を近づけた。

「実はあれは殺された、狙われたんだ、と噂（うわさ）する人は結構いましてね」

「あの、動機があるとすれば、自分の首が危うくなっていた理事長……？」

ミステリー好きの血が騒ぎ、思わず口走った僕はしまった、と思ったが、江藤教授は深々と頷いた。

「はい。理事長はね、ウチのもう一つの看板だった相撲部の出身です。ウチには昔から『相撲枠』というのがあって、ただのお坊ちゃま大学じゃないぞっていう意味なんでしょうけど……その相撲部で学生横綱を張り、卒業後は監督から理事になって理事長に昇りつめた人でね。まあうちは昔から相撲部屋と繋（つな）がりがあって有名な親方の子弟を、幼稚園から優先的に入学させていましたからねえ。それが『相撲枠』です」

何によらず格闘技に携わる者なら、素人(しろうと)にその力を使ってはいけない鉄則があるのですが、あの人は、と江藤教授は声をひそめ、暴力を使ってのし上がったのだとほのめかした。

「誤射した部員は卒業後、本学の職員となり、理事長の側近となりました。不幸な事故ということで不起訴となり、事件にはならなかったのです。しかしね、改革派の義徳氏は結果的に排除されてしまったわけです」

大学の経営からだけではなく、この世から。

「言うまでもなくその後、改革派の動きはなりを潜めました。理事会のメンバーは本学の教員、そして学外からは大企業を定年になった元ビジネスマンです。ひ弱なインテリで社会常識もある人たちばかりです。所詮、武闘派の理事長一派の敵ではありませんよ」

元学生横綱、そして相撲部の元監督だった理事長は、相撲部のOBを積極的に大学職員として雇用し、自分の手足のように使っているのだ、と江藤教授は言った。

「みんなビビっちゃった……んですよね？」

老教授は黙って頷いた。

「改革派は解散ですよ。それでもう、理事長に刃向かう者はいなくなりました。殺人かもしれないのに、事故として処理されたっていう事もショックだったわけですね。仮に自分が殺されても事故にされてしまうって……」

暗殺だったとしたら、殺人罪、あるいは殺人教唆で逮捕された筈だが、理事長はそれを巧みに逃れたと言うことだ。

物凄い話を聞いてしまって混乱している僕を、江藤教授は困惑した様子で眺めている。その表情には、しまった喋りすぎたという後悔が浮かんでいる。

「じゃ、あの、私はそろそろ……あと、これは、くれぐれもここだけの話ということでお願いします」

老教授は、逃げるように行ってしまった。

知らぬが仏とはよく言ったもので、僕は、こんな怖ろしいところとも知らず、二年もの間、のほほんと教えていたのだ。こうなるとコマ数を一方的に減らされたことさえ、とんでもないこととは思えなくなってくる。元に戻してください、と抗議などしたら、僕も消されるのではないか？　いや、元相撲部の職員に腕の一本や二本、へし折られてしまうかもしれない。

いやいやいや、と僕は頭を振った。江藤は大阪弁で言うなら『いちびり』な老人だ。軽口めいたお喋りを、いちいち真に受けるのもおかしい。それが本当だという証拠もない。

嫌な話は忘れてしまおう……。

僕はミルクティーを飲み干すと、上からの人事を唯々諾々と受け入れるだけというのもシャクなので、気合いを入れて教務課に向かった。そもそも僕が担当している授業は午後からなのに、こうして朝から大学に来たのは、教務課に談判しようと思ったからなのだ。

「いや〜、コマ数の件は、こちらに言われても困っちゃうんですよね。上から降りてきたことですんで……」

僕に応対した教務課の若い男・久我山(くがやま)は眉根を寄せた。この男には事務的なことでよく世話になっているのだが、込み入った話をするのは初めてだ。

「上からって、その『上』ってなんですか？　カリキュラムとか担当教員の配分って、誰が決めるんですか？」

僕は食い下がった。

曖昧に『上』と表現して煙に巻こうとしてるんじゃないか？

「理事会、だと思います」

理事会！　さっきの話を聞いてしまって以来、「理事会」は悪の組織の別名のように聞こえてしまう。

「大学の意思決定最高機関が、そんな事まで決めるんですか？」

「あ……ええと、よく判りませんが、お金に関わる事はすべて理事会が決めます……と聞いてます。よくは判りません。私も末端だし」

　僕はよほど険しい顔をしていたのだろう。彼は言葉を濁した。

「とにかく、ここで私にどうこう言われても、私にはどうにも出来ないんです」

「じゃあ、誰に話をすればいいんですか？」

　彼に詰問するような形になっていると、奥から年配の事務職員が出てきた。ベテランで、市役所の小役人然とした風貌のままの態度で、やたら書類や手続きの不備にうるさいので僕を含めた教員には好かれていない。いや、はっきり言えば嫌われている。

「はい？　どういうお話でしょうか？」

　若手の久我山が立ち往生しているので代わりに出てきたのだ。

「ですから、突然、今年度からの授業のコマ数が減らされて……」

「あのですね先生。それは理事会のカリキュラム部会で決まったことでして、非常勤の先生方は、そのカリキュラムの中で授業を受け持っていただくことになっているのは、ご理解戴(いただ)けてますよね？」

　非常勤講師は臨時雇いのようなものだ。常勤の講師や教授で足りない部分をカバーするために外部から呼ばれている存在だ。

日本の私立大学の場合、非常勤講師がいなければカリキュラムは組めない。派遣労働者がいなければ工場が動かないのと同じ仕組みで、人件費の高い常勤の教授、准教授、専任講師の人数は抑えられている分、安く使える非常勤講師に頼る割合はとても高い。日本の場合、一般企業に派遣労働者が増えるずっと以前から、私立大学ではその仕組みがフル稼働していたのだ。

その上、学生数の増減でクラスの数も変わる。その調整弁として非常勤講師が重宝されているのも、派遣労働者とまったく同じだ。

「ですから、こちらで決められた事には従ってもらわないと。それが非常勤ということですよね？　そういうお約束で講師をお願いしているんですよね？」

これ以上の反論はさせまいと、ベテラン事務職員は腕組みをして僕を睨みつけた。いつの間にかもう一人、やたら太ってガタイのいい職員が奥から出てきて、腕組みをして僕を睨みつけている。胸のネームプレートには「滝田啓介」と書いてある。

これが相撲部のＯＢなのか。

無言のバックアップを得た小役人は言い募った。

「理事会の決定は絶対なんですよ。ご承知の通り、理事会は今、いろいろ大変なので、これ以上問題を増やさないで戴けますか？」

この男に何を言っても仕方がない。だって、決定権も何もないんだから。それはそうだが、悔しい。

得るところなく、僕は教務課を出た。

大学から示されたコマ数割り当て表で計算してみると、月収が半分になってしまう。事前にそういう事が判っていれば、塾のバイトを継続するとか手は打てたのに、桜も散って一連の学生ガイダンスが終わった今からでは動きようもない。

僕は途方に暮れた。多少の貯金はあるとはいえ、来年一年、保つかどうか。

今だって贅沢とは無縁の生活をしているが、どう切り詰めればやっていけるか、頭の中で試算しながら、大学の中を歩き回った。

この際、生活費を切り詰めるために実家に帰るか？　しかし実家は上尾にあるので交通費がバカにならなくなる。

勉強のために通っているシェイクスピア・カンパニーの観劇を断念してユーチューブで我慢するか？　コーヒー豆のグレードを落として、いっそインスタントでお茶を濁すか……。

教授・准教授や専任講師の研究室が並ぶ廊下を、ずっと歩いた突き当たりが非常勤講師室だ。五十人以上いる非常勤講師だが、占有出来るのはこの「控え室」にあるロッカーだけ。あとは大きな会議用のテーブルがあるだけの大部屋だ。

「ま、コーヒーサーバーがあってタダでコーヒーが飲めるのだけが特権ですよ。唯一のね」

コーヒーを片手にシニカルに笑いつつ話しかけてきたのは、芸術学部で映画史と映画芸術論を教える非常勤講師、園井俊太郎氏だ。

痩せぎすで鷲鼻にメガネ、困ったような笑みを浮かべるその姿は、どうしてもアメリカの高名な映画監督を思い浮かべるが、本人もその線を狙っているようだ。

「芸術学部は出来て間もないし、ろくな卒業生もいないんで、今後どう転ぶか判りません。他所を真似てタレント養成コースを作るってウワサもあるし、その前に業績不振で真っ先にお取りつぶしになるかも。そこへいくと相良先生はいいですね。英語ってのは教養課程の必修だから、食いっぱぐれがないでしょ」

園井の本業は、映画評論家だ。数年前に『消えた映画監督』という研究本を書いた。本自体はほとんど売れなかったが、只の映画ライターから文化人へ「昇格」するパスポートを手にした。大学で映画史を教えていると言えば、世間では立派な文化人だ。

「しかしね、許せない事がありましてね。ボクの授業を、ここの教授が代わりにやるって言い出してるんです。映画史を、門外漢のセンセイがニワカ勉強してやろうって言うんですよ。歴史なんてモノは、教科書さえあればテキトーに教えられるって。たぶん正規職員の教授には給料分めいっぱい働いて貰おうっていう、経営陣の算段なんじゃないですか」

園井は、映画芸術論だけでは週一コマにしかならず、完全にヤバいと頭を抱えた。

「ここの授業があるから強気に出て、編集者と喧嘩しちゃったんで連載コラムが減ってしまってね。映画史の授業は人気があるから大教室でやってた分、ワリも良かったのに……このまま黙ってる法はないでしょう？」

「だけど、非常勤は大学で決まったコマ数に従うしかないんじゃないですか？」

僕はさっき、教務課で言われたことをそのままリピートしてみた。

「理事会の決定だそうですけど」

「理事会！」

園井は電気で打たれたような衝撃を受けた顔になった。

「理事会なら……仕方がないな……」

園井は泣き寝入りするしかないと呟きながら非常勤講師室を出て行ってしまった。


午前中はショックなことの連続だった。

しかし、ガッカリしても腹は減る。

小高い丘にある大学だから、教職員と学生のほとんどがランチを学食で摂る。美味しくはないが、安い。

この学食の名物は「大盛りカレーの大」。文字通り大盛りカレーの、ルーとご飯のマシマシだ。ある学生が発明したらしい。ここのカレーは安いだけあって、具はほとんどないから汁掛けメシだが、とりあえず腹は膨れる。

　カフェテリア形式だから、カレーをトレイに載せ、僕はレジの列に並んだ。僕の前に並んでいるのは、びっくりするほど背の高い女子学生だ。ほとんど金髪か、と思うような明るいブラウンに染めた髪を、今時めずらしいお嬢さま風の巻き髪にしている。まあ、この大学には、お金持ちのお嬢さま、但し偏差値に少々難アリの女子学生は珍しくないのだが。

　だがその巻き髪令嬢は、立ったまま、腕を不自然に動かしている。

え？　その動きは……と不審に思い、お嬢さまの手元を覗(のぞ)き込んでみると、なんと彼女は皿の上のコロッケを箸に突き刺して口元に運び、もぐもぐと食べているではないか！

　驚いた。料金を払う前に食べるなんて。しかも獰猛(どうもう)で飢えた男子ではなく、ヘアスタイルにも気を配っていると思(おぼ)しき女子が、こんなお行儀の悪いことをしているのだ。スーパーの店内で生ザカナを食った、迷惑ユーチューバーと同じことをしている！

　非常勤とはいえ、ここで教えている身としては、黙っているわけにはいかない。

「君、そういうことやめたほうがいいよ」

ごく控えめに注意しただけなのに、僕が勝手に「巻き髪お嬢さま」と命名したその女子学生はサッと振り返り僕を睨んだ。

「は？　余計なお世話なんですけど？」

巻き髪お嬢さまは僕を見下ろした。彼女の方が僕より背が高い。しかも真っ赤な、身体にぴったりフィットしたワンピース姿なので、イヤでも目立つ。

「いや、あの、だってお行儀が悪いから」

「関係ないでしょ。あんたに迷惑かけた？」

「いやいや、そういう事じゃなくて……ここは公共の場所なんだから」

目が大きくて顔立ちにメリハリのある、ハーフ風で迫力ある系のお嬢さまは、さらにムッとした表情になり、不覚にも僕は見とれた。

美人は怒った顔が魅力的だ。だがその美貌に似合わず、この巻き髪令嬢は口が悪い。

「いいじゃん別に。これからお金払うんだし。ほら、前にいるヤツがトロいから、なかなか順番が来ないんだよ！」

これ以上何か言ったらトレイに載せた味噌汁（みそしる）をぶっ掛けられそう……そんな険悪な空気になってきた時。

「あ、相良先生！」

甲高い、アニメの声優のような声がした。

同じ女子学生だが、こちらはセミロングでサラサラの黒髪。白いブラウスにベージュのタイトスカート。清楚な笑みを湛えている。

彼女は真っ直ぐ僕に駆け寄ってきて、「相良先生、どうかしたんですか？」と訊いた。

「いや……別になんでもないんだ」

この清楚な彼女は僕の授業を取っている。出席も取るから名前も知っている。西原こずゑさん。錯覚かもしれないが、どうも僕に、教師と学生の関係以上の感情を持っているようなのだ。だが今の御時世、それは命取りになるから、僕は引いている、というよりハッキリ言ってどん引きだ。こずゑさんは清楚な美人で真面目な学生なのだが、僕は苦手だ。特にひたすら真面目でグイグイ押してくるところが。

「あ、イヤ別に、本当になんでもないから」

ごまかそうとしたが、大柄な巻き髪お嬢さまは大声でバラしてしまった。

「いや、コイツがお金払う前に食べるなって。お節介だと思わない？」

こずゑさんは驚いたように言い返した。

「そうなの？　あのね、この学校はけっこう品がいいことで知られてるんだから、相良先生の言ってる意味は、ここの学生ならそれなりにわきまえろって事でしょ？」

　僕の代弁をするこずゑさんに、しかし巻き髪令嬢は言い返した。

「は？　そんな細かいことにこだわってるから日本は成長できないし、グローバル化にもデジタル化にも乗り遅れてんじゃないの？」

　突如学食レベルから地球規模の話に飛躍した。

「でも先生は、マナーの話をしてるだけでしょう？」

　こずゑさんも負けてはいない。こういう争い事が一番苦手な僕は美女二人に挟（はさ）まれて、おろおろするばかり。

「え？　コイツ、先生なの？」

　巻き髪お嬢さまは品定めするように、僕の足の先から頭のてっぺんまでじろじろと見た。

「どうりでね」

「どうりでってどういう意味ですか？」

　今や完全に後ろを向き、こずゑさんと言い合いになっている令嬢は、行列が進み、自分の順番になっていることにも気がつかない。

「あの、順番きてますけど？」

　支払いを済ませた学生が教えると、巻き髪お嬢さまは悪怯れずに一歩進んだ。

「コロッケ一個食べちゃったけど、誤魔化す気はないから。ちゃんと払うよ、お金」

　令嬢は四九〇円払うと列を離れていった。

　気がつくとこずゑさんが僕を睨みつけている。

「先生。今のあのヒトとどういうご関係？」

「いや、ご関係も何も、たった今、会ったばかりだから」

「そうなんですか？　本当に？」

　とこずゑさんは疑わしそうに僕を見た。彼女に嫉妬される謂れもない。だって彼女とは単純に先生と学生の関係でしかないのだし、そもそもこっちにその気は無いどころか、彼女の積極さに負けないように気をつけている状況なのだから。

「けど、ああいう憎まれ口を言い合える関係って、とても昨日今日のものとは思えないです……隠さないでください、先生。本当は長いお付き合いなんでしょう？」

「いやいや、それ違うから」

「先生はアレですか？　学生に二股三つ股かけるタイプとか？」

「いや、マジで違うから！」

　思わず大声になる。

「カネもない地位もない僕なんか、誰も相手にしてくれないよ」

「じゃ、私はなんなんですか！」

こずゑさんはいきなり涙目になってそう言い放ち、手で顔を覆うと走り去った。

なんだこの展開は！

なんにも知らない周囲が誤解するだろ！

まったく、やれやれだ。

だからと言って周囲に「いや、これは完全な誤解ですよ！」といきなり弁解するのも更に墓穴を掘りそうだ。

僕は大盛りカレーの大、四二〇円を払って空いている席に座り、ヤケクソ気味に一気にかき込んだ。


二年生以上のオリエンテーションも済んだ現在、午後の三限目の「英語Ⅰ」が今期最初の授業だ。

僕が受け持つのは教養課程の英語だが、必修とは言え、外国語が嫌いな学生もいる。

先輩教員によれば、バブルの頃は学生の授業態度が最悪だったらしいが、バブルが弾（はじ）けたあとも、ただちに良好、とはならなかったらしい。

高校まででできちんとした生活態度を訓練されていないレベルの学生は、遅刻してきても平然と教室に入ってくる。授業中に鳴る携帯電話に平気で応答する。私語をまったく止めないのも当たり前だったという。

条件の良い就職に大卒の資格が必須となった昨今は、さすがにそういう学生は少ない。

舐めた態度の学生が激減したのは、端的に言って世の中全体が貧乏になったからなのか。僕がここで教えるようになった二年前には既に、バカ学生はほとんどいなかった。僕自身の大学時代と比べてさえ、隔世の感がある。

だが全員が熱心に聴講しているわけでもない。静かな学生の多くは寝ているか、スマホでＬＩＮＥをやっているか、ゲームに夢中になっているか、或いはネット配信の映画やドラマを観ているかだ。

僕自身、ツマらない授業の時は本を読んでいたから、そういう「静かな学生」は怒る気にならない。

それに少数ではあるが、熱心な学生もいる。

彼らは授業料の分きっちり勉強している。

入学時に学力も知識も常識もない状態でも、毎回授業を受けて真面目に聴講し、内容が理解出来れば相応の知識は身につくし、資格試験の合格も夢ではない。在学中に自分の能力を高めることが可能なのだ。

　熱心な学生は授業を真面目に受けて、授業のあとは質問に来るし、課題もきちんとこなしてくる。当然、遅刻も欠席もなく、私語もしない。思わず、「アナタはどうしてこの大学に来てるの？（もっといい大学に入れただろうに）」と聞いてしまいそうになる。いや、教員としての自己を否定することになりそうなので、もちろんそんな質問はしないが。

　それはともかく。

「英語Ⅰ」はつつがなく終わり、第四時限目は階段教室での「英国演劇史」だ。

　階段席には去年の「英文学史」に引き続いて馴染みの学生が何人か座っている。優秀ではないがノリがよくて授業にメリハリをつけてくれる飯島康明（いいじまやすあき）くんほか、顔見知りがいるのは心強い。さっきの西原こずゑさんも出席している。こちらはハッキリ言ってやりにくいのだが、まさか出て行けとは言えない。

　教養課程二年生向けの最初の授業なので、僕は簡単な自己紹介のあと、この授業について説明した。

「英国演劇史をまともに詳しくやるとなると、一年ではとても時間が足りません。またこの授業には、演習科目として『上演』という目的もあります。なので、有名な作品に絞って、その戯曲の概要と、成立した背景そのほかについて学ぶことが前期の目標となります」

と言うことで、僕はシェイクスピアの『ハムレット』を選んでいた。年間を通じて何度か開催される、学外の人たちや受験希望者に大学を見せる「オープンキャンパス」の日に、学生たちが上演する予定の演目が、この『ハムレット』なのだ。

『ハムレット』の背景について説明をする。

広い教室だと、どうしても私語をする学生が多くなるので、去年から授業のあとにリアクションペーパーを提出させ、講義した内容についてクイズ形式で答えさせるようにしたら、学生は授業を聞くようになって教室内も静かになった。

しかし、今日に限って私語を止めない学生がいた。それがメリハリ要員の飯島くんだったのでガッカリしつつ、僕は彼を指名した。

「はいそこ。そこで喋っている飯島くん！　たった今、僕が話したことだけど、シェイクスピアの戯曲と、北野武（きたのたけし）の映画の共通点は何だと思う？」

「は？　えと、その……人がたくさん死ぬところッスか？」

階段教室の満場が爆笑した。さすが、ウケを狙って外さない飯島くんだけのことはある。

「はい、そうですね。みんな笑ってるけど、彼の指摘は間違ってはいません。そもそもシェイクスピアの生没年を暗記する語呂合わせが『ひとごろし、いろいろ』というくらいで」

シェイクスピアの生没年一五六四～一六一六年についてのトリビアを披露して、僕もウケを狙う。

「たしかにシェイクスピア作品は『人死に過ぎ』です。特に『ハムレット』。死亡者を列挙してみましょう。結末までにハムレットの婚約者オフィーリアが入水自殺、オフィーリアの父親をハムレットが刺殺……これは過失致死ですが、またハムレットの学友二人、ローゼンクランツとギルデンスターンも、ハムレットが密書の指示を勝手に書き換えたことにより殺されます。結末はもっと過激で、一気に人死にが増えます。大詰め御前試合の場でハムレットは父親の敵・クローディアスを倒して本懐をとげますが、ハムレット自身も毒を塗られた剣で負傷、御前試合の相手のレアティーズもハムレットによる傷害致死。ハムレットの母親・ガートルードは毒入りの盃を誤って飲み死亡、ハムレットの親友ホレイショーも悲しみのあまりハムレットの後を追おうとしますが、『お前は生きて、何があったのかを伝えてくれ』と頼まれ、自害を思いとどまります。このあたり、北野武の映画『アウトレイジ』でビートたけしが椎名桔平に言うセリフ、『水野、おまえ隠れろ。一人ぐらい生きてねえとよ、結果判んねえじゃねえか』を思わせますね。北野武もシェイクスピアは読んでいたのでしょうか」

このくだりで数人の映画好きの学生が食いついてくる感触があった。

掴みはOKと判断した僕は、ここからプロジェクターを使って『ハムレット』のあらすじを、映画化作品の名場面を使って、面白おかしく説明する展開に入ることにした。活動弁士のようなものか。

そこそこ笑いも取って、いい気分になりかけたとき……客席、いや階段席に、ヤバい人物が座っているのが目に入った。

さっき学食で揉めた、例の大柄でハーフ系の「巻き髪令嬢」が、実につまらなさそうな顔で頬杖をつき、僕の講義を聞いていたのだ。

ヤバい！　クレームをつけられる？　と狼狽えたのも束の間、僕の目を奪ったのは、彼女の隣に座っている、美青年の顔立ちだった。

美しい……ただひたすら、自然の造形に対する驚嘆の念から、僕はその若者の顔をまじまじと見つめてしまった。

きみを夏のひと日にたとえようか？

いやきみははるかに美しく、ずっと穏やかだ……。

そんな一節が思わず浮かんでしまうほどに。

自分がLGBTQだと思ったことは一度もない。なのにその若者の美しさは僕の目を釘づけにし、舌が縛られたかのように、僕の言葉をとめてしまったのだ。

大教室をしばし静寂が支配し、異常を察した学生たちがざわめき始めて、ようやく僕も我に返った。

「失礼……講義を続けます」

そう言った時に、美青年の隣の彼女、巻き髪令嬢の険しい表情に気がついた。

マズい！　何かを言いたそうにしている。とっても難しい顔をしている。

やっぱりクレームをつけられる？

そう危惧しつつも、こちらから質問する勇気などあるわけがないので無視を決め込み、講義を続けた。

「で、まあ、『ハムレット』というのは、こういうお話です。シェイクスピアの、いや英文学で最も有名な作品と言えるでしょう。クラシック音楽で言うならベートーベン。もしくは第九。つまり作者や作品を超えてジャンルそのもの、いや世界文学を代表する傑作です。何か質問は？」

巻き髪お嬢さまの反応が気になった。

彼女は相変わらず眉間にシワを寄せ、しかもそのシワが、だんだん深くなっているのだ。

一方、他の学生は、それまでざわめいていたのに静まり返った。これはいつものことだ。みんな、目立つのが嫌なのだ。手をあげて質問などしたくないのだ。目立つから。互いに牽制しあう同調圧力の強い集団では、質問すら憚られる行為なので、自発的な発言など望むべくもない。日本の大学で、いやウチ程度のレベルでは、双方向の授業など無理なのだ。

少なくとも大教室の授業では。

では誰かを指名するか。当てるなら、またノリのいい飯島康明くんにしよう。

そう思って彼を見ると……だめだこりゃ。さっきウケを取った飯島くんは、役目を終えたかのように、サラサラの茶髪を机の上に載せて、すやすやと熟睡している。

さてどうするか、と思ったところで声が上がった。教室の静寂を切り裂く、透る声。

「はいセンセ。ちょっといいですか?」

困った。よりにもよって一番質問してほしくない巻き髪お嬢さまが手を挙げている。「ランチ立ち食い」の図々しさを甘く見てはいけなかった。

すっくと立ち上がると、本当に背が高い。

「あの、オフィーリアってハムレットの彼女ですよね? 何も悪いことしてないですよね? なのに、ハムレットが彼女に対して取る、ひどい態度は、ありえないんじゃないですか? モラハラじゃないですか、これ」

「いや、それは、だからハムレットだって混乱しているんだ。『世界の関節が外れてしまった』という素晴らしいセリフがあるじゃないか」

それまで信じていたあらゆるもの、道徳とか倫理とかが信じられなくなってしまったその気持ち、判るでしょうか？　と言いかけたのだが、彼女には通じなかった。

「だからそのショックって、要するに自分の母親が再婚して、父親以外の男性とヤッてる、つまり生身の女だった、というショックですよね？　けど自分の母親っていう、たった一つのサンプルで女性全体をディスるのって違くないですか？　オフィーリアをいじめ倒すのって、どうみても八つ当たりじゃないですか。ママ大好き坊やがヒステリー起こしているようにしか見えないです」

そこまで言わなくても……大シェイクスピアが書いたものなんだぞ。

「結局、このハムレットって母親が再婚して、頭に来ているだけじゃないですか？　どんだけマザコンなんだよお前？　としか思えないです」

「しかし……母親が再婚した、まさにその相手に殺人容疑があるわけです。ハムレットが混乱して感情的になるのは、当然ではないでしょうか？」

「だからって女性全般に対するヘイトなしでも、疑惑の解明はできるじゃないですか」

「それはそうだけど……」

理屈にあった展開だけではまったく物語に膨らみが出ないし、観る者の感情も揺さぶられない。ある意味、滅茶苦茶で筋が通らないハムレットの行動こそが、不合理だとは判りつつ観客の共感を呼び起こすのだ。と、僕は言った。

しかし彼女は自分の考えを曲げない。

「センセは観客の共感って言いますけど、女性の観客、想定されてます？　観客の半分、いや、半分以上が女性なんですよ？　それと、最後、関係者ほぼ全員が死ぬじゃないですか。それってどうなの、って思います。飯島くんも言うとおり、人死に過ぎです」

令嬢の追及はとどまるところを知らない。

「そもそもですね、一番最初の問題はデンマークの王位継承問題だったんじゃないんですか？　なのにラストでみんな死んじゃって、そこにノルウェーの王子が乗り込んできて、デンマーク総取りって何ですかそれ？　全然ソリューションになってないじゃないですか。一体、何がしたかったんですかハムレットって？」

そこを突くか、と僕は思った。

「いや、だからそれは……お芝居なんだから、目的はソリューションじゃないんだ。楽しむためのものでしょう、お芝居は」

「だから、ぜ〜んぜん楽しめないんですけど？　女性の観客としては」

これは演劇のセオリーを無視した暴論だ。僕はそう決めつけようとした。しかし。

女子学生たちから声が上がり始めた。

「あの……あたしも、ホントのことを言うとモヤモヤしてました。有名な作品だから、そう感じる自分がおかしいのかと思ってたけど」

「私も」

「あたしもです」

女子学生たちが思い切ったように発言し始めると、巻き髪お嬢さまに同調する学生が続々と現れて、僕の授業は進まなくなってしまった。

「あの人の言うとおりだと思います。森鷗外の『舞姫』も世間では名作ってことになってるけど、私たちは『あの話、キモいよね』って仲間うちではずっと言ってました」

「マジそれ？　よかった！　ヘンだと思ったの私だけじゃなかったんだ」

思いがけない反響に、巻き髪お嬢さまはドヤ顔だ。

しかも彼女に同調するのは女子学生だけではなかった。頼みの綱の茶髪の彼・飯島康明くんまでが目を覚まし寝返ってしまったのだ。

「そうっすね。やっぱ、なんつうか、そう！　ポリコレ！　ポリコレ的にアウトなんじゃないっすか、この話。女性の立場を完全に無視してるっすよ」

巻き髪お嬢さまが得意そうな顔で僕に言った。

「ほら、先生。あたしの意見に賛成する人がこんなにたくさん。やっぱり、『ハムレット』は今の時代にアップデートする必要があります」

流行(はや)りのキャンセルカルチャーが、こんなFランのキャンパスにまで波及したのか！

僕はなんだか、何もかもがどうでもよくなってしまった。

「ああそう。だったら、『ハムレット』は君の解釈で上演したらどう？　このクラスで上演するんだよね？　その時の演出は君にまかせるから、好きにやって」

巻き髪お嬢さまはうろたえるかと思いきや、逆に目を輝かせてノリノリになった。

「マジで？　好きなように変えちゃっていいの？　あ、でもあたし、演出とかしたことないので……この人に任せます。ほら、コリン、立って！」

巻き髪お嬢さまが腕をつかんで無理やり立たせたのは、彼女の隣にずっと座っていた、例の、恐ろしいほどの美貌の青年だった。彫りの深い顔は、白人の血が入っているようにも見える。

「コリンは、この春に転入してきたばかりだけど、ずっと小劇団をやってるんだよね？」

彼女は美青年を、親しげに紹介した。

立ち上がったコリンに、階段教室にいる全学生の注目が集まった。その戦慄すべき美貌にどよめきが起き、女子学生の中には悲鳴のような声を上げるモノすらいる。

　だが美青年は気に留める様子も無い。

「どうも。コリンです。と言ってもコリン・ファースのコリンではなく、館林湖琳といいう古くさい名前です。この授業の『ハムレット』公演、演出を任せていただけるのであれば、このうえなく斬新な、まさに今の世の中に相応しい、アップデートされた舞台をつくってご覧に入れますよ」

　凄い自信だ。僕は呆れた。しかし、彼の演出がどんなトンデモなプロダクションになったとしても、僕の授業がポリコレアウトだコンプラ違反だと糾弾されるよりはマシだろう。

「いいですよ、そういうことで。細部は裏方をやってくれる芸術学部演劇科の面々と詰めてもらうってことで……ほかに質問は？」

「はい！」

　僕はびくっとした。聞きたくない声。甲高くかわいらしい声だがテンションも高い。あの西原こずゑだ。容姿も声と同じく清楚でかわいらしい。でも僕は苦手なのだ。声も姿かたちも、いや彼女の存在すべてが。

　可愛い外見は擬態にすぎず、中にはとんでもない無神経が隠れている……とまで思ってしまう僕がおかしいのか？

僕の自問自答を知るよしもなく、こずゑは質問を、いや僕に対する糾弾を開始した。

「相良先生。先生はその、巻き髪くるっくるの悪役令嬢みたいなヒトと、一体どういうご関係なんです？」

「え……？　ご関係？　いや、その」

想定外の質問に僕はへどもどしてしまった。

「さっきも学食で親しそうに話してましたよね？　それにその女、いやそのヒトの知り合いに『ハムレット』の演出を任せるなんて、公私混同じゃないんですか？　先生は大学講師という立場を利用して、女子学生に何股もかけて、それでいいと思っているんですか？」

何股？　なんの話だ？　二股三つ股どころか、彼女のひとりも居ないというのに？

身に覚えのない糾弾に、僕の脳内はホワイトアウトした。こずゑがなおも言い募る声が遠くなってゆく。

「相良先生はシェイクスピアの解釈だって、マッチョで男尊女卑じゃないですか！」

これは巻き髪お嬢さまの主張のパクリだ、と思ったが、パニックになった僕は何も言い返せない。

「女性を同じ人間だと思ってないでしょう？　だから二股がかけられるんです。先生の存在自体が、女性をバカにするセクハラです！」

セクハラ？　僕の存在自体が？　あまりのことに何も言えないが、段々状況が飲み込めてきた。前から僕に積極的にアプローチしていた西原こずゑは、僕がこの悪役令嬢というか巻き髪お嬢さまと学食で「親しげに会話」していたとの誤解に取り憑かれているのだ。

冗談じゃない。こずゑも悪役令嬢も、どちらも苦手なタイプだ。その旨弁明しようとした僕は、いやちょっと待てよと踏み止まった。この状況で何を言っても言い訳にしかならない。嘘をついているという印象を強めるばかりだ。かといって黙っていれば西原こずゑの嘘が「真実の告発」となり、後ろめたいから言い返せない僕が黙っている、という構図になってしまう。

どうする？　僕はどうすればいい？

焦れば焦るほど額に汗が滲んだが、これもいけない。真相をズバリ指摘されて冷や汗をかいているとしか見えないからだ。しかし。

「ちょっと！　黙って聞いてりゃアンタ、さっきからあること無いこと、何をベラベラ喋ってんの？　ユーファッキンビッチ！」

またしても立ち上がったのは巻き髪お嬢さま、いや悪役令嬢だった。品の無い言い回しに驚いたが発音はバリバリのアメリカ英語だ。

「アンタさっき、学食でこのセンセにしつこく言い寄ってたよね？　ランチ食べながら見てたけど、そのあとしっかりフラれてんじゃん？　その腹いせ？　あんたバカなんだから自分のバカさをわきまえた方がいいよ」

真っ正面からブチかまされた西原こずゑは顔を真っ赤にすると、「ひどい！」と絶叫し、教室からまたしても逃走して行った。

同時にチャイムが鳴り講義終了の時刻を告げた。

助かった……。

僕は心から巻き髪お嬢さまに感謝した。かなりシャクだが、この局面で彼女に助けられたことは確かなのだ。

腹立たしいが、こいつ、意外にイイ奴（やつ）かも、と思わざるを得ない。

その巻き髪お嬢さまは、横にいた自称演出家のイケメン、コリンと連れだって教室を出て行った。

僕も教室を出て、非常勤講師室に戻ろうとしたところで……学内アナウンスが流れた。

「相良先生。相良拓海先生。至急、教務課までお越しください」

なんだ？　コマ数の件で理事会側が歩み寄ってくれたのか？　それとも……。

僕はドキドキしながら教務課に顔を出した。

「あ、相良先生。理事長が呼んでます」

久我山はそう言って邪悪な笑みを浮かべた。

「理事長、結構な剣幕でしたけど？」

訳が判らない。僕のようなペーペーの非常勤講師に、本学の、まさに雲の上の人物たる理事長が、一体何の用があるというのだ？

「もしかして、コマ数のことで教務に文句を言ったからクビになるとか？」

「いや、さすがにそれはないです。抗議される先生方は多いですけど、本学は独裁国家ではないし、教務も秘密警察ではありません。相良先生についてはですね、さきほど女子学生からのクレームがありました。『講師にセクハラを受けた』と」

まさに濡れ衣だが、訴えた女子学生が誰なのかは容易に察しがついた。

「今の御時世、コンプライアンスは無視できません。即座に理事長マターとなりまして」

何故かドヤ顔の久我山。

「直々の呼び出しとなった次第です」

そう言った彼は、冷たい笑みを浮かべた。

「謹んで理事長のお沙汰をお待ちください」

やっぱり秘密警察じゃないか！


理事長の部屋は新しく建った「新本部ビル」の最上階にある。入るには特別の暗証番号を入力して、専用エレベーターに乗らなければならない。この大学の理事長って、そんなにＶＩＰなのか？

僕の横には、久我山が呼んだ理事長のボディガードと思しき大学職員が二人、僕をサンドウィッチするようにピッタリとくっついている。二人ともその太い腕に巨大なガタイは、明らかに相撲部ＯＢと判る体型だ。うち一人は「滝田啓介」のネームプレートでピンクのシャツ姿、もう一人もシャツのボタンは弾けそうで、たっぷりとした腹が、ズボンのベルトの上にせり出している。こちらはシャツの胸に「理事長付・荻島次郎」というネームプレートをつけている。

そのボディガード荻島は、受付に軽く手を挙げると、エレベーター脇のキーパッドに暗証番号を打ち込んだ。

エレベーターが来る間、荻島は僕に一人語りのように喋った。

「男はパワーですよ。サヨクやアカが構内で暴れてもすぐに排除できますしね。私は理事長をお守りするのが使命ですし」

滝田もその言葉に無言のまま頷いている。

僕としてはそうですか、と応じるしかない。

「だいたいね、大学のセンセイなんてモノは、理屈をこねるしか能がない頭デッカチばかりなんだから」

反知性主義丸出しの言葉を滝田が吐いた。

荻島も、「そうそう」と笑って応じている。


新ビルの二十階に着いた。

窓外には東京西部の丘陵地帯を一望する絶景が広がっている。この界隈では一番の高層建築だから、一大パノラマが満喫できる。

しかし僕はそれどころではない。冤罪で死刑宣告されるかもしれないのだ。

理事長については、悪い噂しか聞いていない。三年目の非常勤講師の耳にさえ、そういう噂は入ってくる。理事長候補だった小豆沢義徳氏に対する殺人疑惑だけではない。

今朝、江藤教授と嘆いた大学の再開発。キャンパス内にある自然の森と、学外から移設した大正時代の芝居小屋や、チャペル風のカフェを取り壊してタワーを林立させる計画は学内外に波紋を呼び、反対運動も起きているが、それだけではない。

学内の歴史ある研究室にいいがかりをつけて潰そうとし、図書館も外部委託にし、司書も派遣にして貴重な蔵書を処分してしまおうという計画があるらしい。それはすべて「カネになるものはすべて換金する」理事長の方針なのだと言う。

そういう大学の方針については、非常勤講師としては「関係ないこと」としてやり過ごすしかない、と思っていた……けれど、そうも言っていられなくなってしまった。

居ずまいを正した荻島が、高級そうなオーク材のドアをノックした。

「理事長。教務から言われたセクハラ野郎を連れてきました」

来意を告げ「失礼します」とドアを開けた。

僕も一礼して理事長室に入った。こんな畏(かしこ)まった態度は就職面接を受けたとき以来だ。

ボディガード二人はドア脇で臨戦態勢で立っている。僕が何か妙な事をしたら、即取り押さえようとでもいうのか。

「おお、君が相良くんか」

大きな窓を背に、巨大なデスクを前にした人物が理事長か。入学式の祝辞を読む姿しか見た事がないし面と向かって話した事もない。

「まあ、こっちへ」

相手は立ち上がった。高級そうなダブルのダークスーツを着た老紳士……というには、野心と物欲が全身からふつふつと湧き上がっている感じがする。僕は超能力者ではないが、こんなに強く「気」を感じたのは生まれて初めてだ。

「西原こずゑ、知ってるね」

やはり、その件か。僕は覚悟を決めた。馘にはなりたくないから、どんな詭弁（きべん）を弄しても頑張ろう。無実の罪を着せられるのだけは勘弁して欲しい。

「あ、私は本学の理事長、田淵（たぶち）、田淵良明（よしあき）だ。君は講師だったね？」

「非常勤で三年目です。入学式でお目にかかっています」

そうだったね、と言いながら理事長はソファに身を沈めた。七十を過ぎた年配だが、でっぷりと太った身体をスーツに包んでいる。このトシでこの太り方というのは、健康上どうかと思う。

「私は若い頃、スポーツ万能でね。学生相撲で横綱を張ったが、ほかにもアメフトにラグビーに柔道……格闘の要素のあるスポーツは一通りこなした。しかし知っての通り、年を取ると新陳代謝が悪くなって、この始末だ」

理事長は自分の肥満を笑った。しかしこれは、自虐するのはいいが他人が笑うと激怒するパターンだ。デブはだいたい他人に揶揄（やゆ）されると激怒する。

「で、西原こずゑは、私の親戚筋でね……はっきり言えば、私の妻の姪（めい）に当たる」

理事長は老獪(ろうかい)な笑顔を崩さずに言った。この分ではこずゑから、既にあることないこと吹き込まれているに違いない。

詰んだ。

僕は覚悟して天を仰いだ。

「あの、理事長にはどういう形でお話が伝わっているか、よく判らないのですが……」

「いや、充分に理解しとるよ」

理事長はそう言って葉巻を取り、端を囓(かじ)り取ると火をつけて、僕をギロッと睨んだ。

この部屋は禁煙ではないのだろう。

僕の緊張は極限に達した。

「私とてダテに理事長を務めているわけではない。女学生が教師に一方的に思いを寄せて熱くなるのはよくあることだ。むろん、アタマからこずゑの言い分を嘘だと決めつけはしない。何人かに聞いて私なりにウラは取った」

理事長は口を噤(つぐ)んで僕をじっと見据えた。

情けないが、全身から冷や汗が吹き出した。

「理事長。お判り戴きたいのは、僕の経済状況についてです」

こずゑに諦めてもらうには、正直に告げるしかない。

「今、大学院卒業生は就職難が凄いんです。院で修士や博士号を取ったのなら、大学にポストを得て研究を続けながら教鞭を執りたい。もしくは院での研究の成果を生かして企業で仕事をしたい……しかし一般企業では院卒生を煙たがって採ってはくれません。終身雇用の賃金体系の秩序を乱す存在だからです。大学だってポストに限りがあるので、なかなか」

「判ってるよ。いわゆるポスドク問題だろ」

理事長は頷いて葉巻の煙を吐いた。

「君の経歴も調べさせて貰ったよ。一昨年からウチで非常勤講師をやって貰っているが、その前は学習塾の先生とかコンビニのアルバイトをしていたんだね？」

「はい。やっとの思いでこの大学に拾って貰ったというか」

「そう卑下しなさんな。君の母校は慶明だったね？　恩師のツテで翻訳の助手も？」

「はい。海外ミステリーですが」

「ミステリーか。君はシェイクスピアを専攻して英国に留学、Ph.D. の論文もシェイクスピアなのに、ミステリーの翻訳？」

「あの、ミステリーも玉石混淆で……後世に残る素晴らしい新作も続々と」

「そうだね。私は学校の成績は悪かったし学もないが、本は読む。海外ミステリーは好きだね。特に名探偵モノがね。コロンボとか」

理事長それはテレビ、と突っ込みたくなったが、我慢した。

「あの……世の中には、シェイクスピアを研究する者は山ほどおりまして、英文科の学生の多くがシェイクスピアを卒論のテーマに選びます……まあ、掃いて捨てるほど」

「要するに、ポストを得るのはもの凄く大変だ、と言うことだね」

判ってるよ、と理事長は一見、慈悲深く見えなくもない笑みを浮かべた。

「そこで、ものは相談なんだがね、相良くん」

理事長は身を沈めていたソファから身を起こすと、前のめりになった。

「君次第なんだが……君はコマ数が減った事で教務課に抗議したようだね？」

「はい……それは本当に生活が」

理事長は判った判ったというように右手を軽く挙げた。

「君次第なんだが、そのコマ数を、君の希望に添うようにしてあげることは可能だ。もっと言えば、君を非常勤ではなく専任としてお願いすることも出来る。相撲で言うなら助教は三段目、専任講師は幕下、准教授になって十両、教授になってやっと幕内。そうだね？」

僕は、ハイと応えるしかない。

「そのたとえでいくと……非常勤は？　序二段か序の口という、いわゆるふんどし担ぎかね？」

理事長のその言葉に、ボディガード二人も声を上げて笑った。極めて不愉快だ。

お言葉ですが、と僕は言った。

「その喩(たと)えは、ものすごく侮蔑的です」

「まあね。本学にも五十人から六十人の専門分野を教える非常勤講師がいるが、そういう先生方をふんどし担ぎというのはたしかに失敬だ。これは悪かった」

理事長はなかなか本題に入らない。僕を焦(じ)らして楽しんでいるのか。

「理事長。先ほどコマ数については僕次第、とおっしゃいましたが、それはどういう？」

理事長は待ってましたとばかりに頷いた。

「こずゑと付き合ってみてくれんかね？　あの子は素直ないい子なんだ。親が甘やかしすぎたので、幾分ワガママなところはあるがね」

え？　え？　これって、もしかして……いわゆる出世のための政略結婚のパターンでは？　重役の娘と結婚して出世の階段を上るサラリーマン。しかし愛の無い結婚の結果、不倫に走り、それが妻の知ることとなり、大変な修羅場となって何もかも失うか、あるいは先手を打って妻を殺すか……。

脳内に二時間サスペンスのテーマ曲が勝手に鳴り響く。僕は何事も先読みをするくせがあるが、今も「理事長の親戚の娘と付き合った、その後の展開」が瞬時に繰り広げられ、未来が読めてしまった。

西原こずゑは可憐な美人だが、あの押しの強さと嫉妬深さは、ヤバい。仮に僕が不倫などしなくても、中年以降に地獄を見そうだ。

「どうかね？　専任になれば、君の努力次第で教授にだって……」

「あの、理事長に、ここまでいろいろ御配慮戴けて、感謝感激です。ただ……」

「ただ？　ただ、なんだね？」

理事長は、僕の留保に眉根を寄せ、あからさまに不快そうな顔になった。

「君はもう恋人のようなモノはいるのかね？　結婚はたしか、まだしとらん筈だが？」

すでに調査済みなのか！　僕は戦慄した。

「いえいえ、お金がないので家庭なんか持てませんし、好きな人もおりません」

「だったらいいじゃないか！　こずゑは君のコトを熱く想っとるんだ」

「はあ、しかし、これは一生のことですから、はいそうですかと二つ返事で決められる事ではないと」

「君も強情というかこだわるというか、アレだね、え？」

理事長は不敵な笑みを浮かべた。

「親戚として言ってはイカン事ではあるが……割り切るというか、公私を分けて考えればいいだけの話ではないのかね？　かく言う私だって、妻の他に数人の」

そこまで言った理事長はさすがにまずいと気づいたのか、笑ってごまかした。

理事長が親戚の娘を縁づけようとしつつ、相手の男性には浮気黙認という、このスタンスは何だ？　なんでもアリなのか？　上級国民はこうなのか、と僕は混乱した。

とにかく僕の常識では考えられない。

考えられないから、返事のしようがない。

どういえば首が繋がり、かつ、こずゑとの交際をしないですむか……必死に考えていると、デスク上のインターフォンが鳴った。

「理事長。お時間です」

秘書が連絡してきたのだろう。

「う、何の時間だ？」

理事長はソファから声を上げてインターフォンに答えた。

「臨時の理事会です」

「おお、そうだった」

理事長は立ち上がると、デスクの上に散乱していた書類を掻(か)き集め、思い出したように僕を見た。

「君も来なさい」

「来なさいって……どちらにですか？」

「理事会だよ。いつ終わるか判らんし、君との話もまだ終わっとらん。理事会に君も居ればいい。じっくり考える時間をやろう」

「しかし、僕のようなモノがいてもいいのでしょうか？」

「構わん構わん。どうせ身内になるんだから」

身内？　こずゑとの結婚が決定事項？

うろたえる僕に理事長は言った。

「私が言えばすべて通るのだ」

同じフロアに「大会議室」があり、僕は理事長に続いて一歩足を踏み入れた。その瞬間に、「来ては行けないところ」に来てしまったことを悟った。

巨大な楕円(だえん)のテーブルに、スーツ姿の紳士がずらりと鎮座している。首相官邸の閣議か、はたまた大企業の取締役会か。

全員が「なんだコイツ」という顔で僕を見る。いたたまれない。

「皆さんお揃いか」

理事長は革張りの椅子に座りながら、気楽な声を出した。

「理事長、あの、そちらの方は？」

会議の参加者……理事なのだろう、一人が全員を代表するように訊いた。

「ああ、このヒトはウチの講師。別件で呼んだがちょっと話が長引いた。待たすのもアレなんでな。いずれ身内になる人間だ。気にしないでくれ」

こうして外堀を埋められ、僕とこずゑとの結婚がどんどん既成事実となってしまうのか。僕は再び戦慄した。

隅っこの、久我山が控えている事務方の席に、空いたパイプ椅子がある。僕はこそこそとそこに座った。久我山がモロに「なんでお前が」という顔で僕を睨みつける。

「じゃ、臨時の理事会を始めよう」

理事会の議長は理事長が務めるらしい。

「緊急の議題でもあったかな？」

理事長が見渡すと、全員が反射的に俯いた。

「ああ、そうだったそうだった。私が招集したんだった」

そう言うと理事長は立ち上がった。

改まって理事長はまた何を言い出すのか。不安と恐怖が一気に充満した。理事たち全員の顔が青ざめている。だが。

「不肖私、田淵良明は、本日を以て、栄誉ある啓陽大学の理事長の職を……辞する事に致しました」

会議室を沈黙が支配した。

たった今、理事長の口から出た言葉を、誰ひとり理解できないようだ。

「そうか。全員に異議は無いようだから、臨時の理事会はこれにて……」

終了と言いかけた理事長に、さすがに止める声が入った。

「お待ちください。私には理事長がお辞めになる、と聞こえたのですが、聞き間違いでしょうか？」

その声は、学長の吉富武臣博士だ。

東大の経済学部の教授を定年退職してこの大学に移り、経営学部長から学長になった。東大時代には政府の諮問委員も務めた、そこそこ有名な学者だが……ここの学長としては名ばかりで何の権限もないらしい。

「いいや、聞き間違いではない。私は本日を限りに理事長を辞める」

真意を測りかねて困惑する一同を田淵理事長は睥睨し、言葉を続けた。

「私に対していろいろな声があることは承知している。私だって目も耳もあるからね。学内の工事を請け負うゼネコンの選定で裏金が動き、私が受け取っているという疑惑があると。しかしここで言っておく。そういう噂は事実無根だ。嘘偽りの流言飛語に過ぎない」

「では、お辞めになることはないのでは？」

学長は恐る恐る言った。

「いや。辞める。それは私自身、および本学の名誉を守るためだ」

ここで誰かが拍手をし始めた。最初は単独だったが、二人になり三人になり、やがて、満場の拍手が鳴り響いた。

その中で一人の初老の紳士が立ち上がった。たしか、副理事長の大久保という人物だ。

「理事長。理事長はこれまで本学の隆盛と経営の安定のため、多大な努力を傾注され、実績を上げて来られました。まことに敬服すべき業績であると存じます」

大久保副理事長は淀みなく述べ続けた。

「理事長は、必ずしも有名とは言えなかった本学に独自の存在感をもたらした、本学中興の祖と言っても過言ではない存在であります」

副理事長の絶賛に、理事長は相好を崩した。

「いやいや、痛み入るね」

「近年のキャンパス再開発につきましても、少子化に伴う学生の減少を見据えた理事長の、優れた経営感覚の賜物（たまもの）であったと存じます。それが判らぬ一部の者が理事長に心ない言葉を投げかけたことは……まさに嘆かわしい限りでありました」

　理事長、いや前理事長と言うべきか、とにかく褒められた田淵は上機嫌だ。

「理事長が優先的に採用してきた体育会系のＯＢも、学内の治安維持と秩序の安定に、多大な寄与を果たしていると思います」

　大久保副理事長は深々と頭を下げた。

「永年の激務、真（まこと）に御苦労様で御座いました」

　また拍手が沸き起こった。

　突然、最高権力者の理事長が辞めると言いだしたのに、拍手が演出され、美辞麗句を連ねた送別の言葉が淀みなく述べられるのは、不自然ではないか？　前もって段取りが組まれていたんじゃないのか？　少なくとも、この副理事長は事前に知っていたはずだ。

「そこで、辞めた私が言うのもおかしいが……本理事会の議長は、副理事長の大久保さんにお願いするということで、いいかな？」

　大久保は、二つ返事で引き受けた。

「畏まりました。では、私、大久保が暫定的に議事を進行致します。お辞めになった田淵理事長の後任を決めたいと思います」

何度もリハーサルをして淀みない議事進行を練り上げたようにしか見えない。

「後任は既に、内々に打診して、内諾を得ております。今、本学を取り巻く情勢は宜しくなく、空白が生じるのは避けねばなりません。いろいろ御意見も御座いましょうが、人選は執行部で進めさせて戴きました」

つまり、田淵氏側ですべてのダンドリが出来あがっていたわけだ。ということは……理事長を辞めても、田淵氏は裏で「院政」を敷くつもりではないのか？　新しい理事長は、田淵氏の傀儡にすぎないのでは？

僕でさえこのくらいのことは思いつく。他の理事たちも同じことを思っているだろうが顔には出さず、能面のような無表情を保っている。これがオトナの世界で生き延びる秘訣というモノか。

「では、新しい理事長をご紹介します。本学創設者の孫にあたる、小豆沢コートニー浩美さんです！」

新理事長が呼び込まれ会議室に姿を現した。

その姿を見た僕は、「げっ」と声を上げて絶句してしまった。

ドアの向こうから現れたその人こそ、例の「巻き髪お嬢さま」「悪役令嬢」、学食でランチを立ち食いし、僕の授業を引っ掻き回した、あの大柄なハーフ美女だったからだ。

令嬢は一同に向かってピースサインをした。

「どうも～。ただ今ご紹介に与(あずか)りました、小豆沢コートニー浩美で～す。よろしくね！」

第二話　オープンキャンパス

　僕が非常勤講師を務める啓陽大学は、東京の郊外、丘陵地帯の一角にある。森の中にキャンパスがある自然豊かな環境で仕事が出来るのは幸せだった。手にするお金は少ないけれど。

「だった」というのは、新学年になっていろいろと面倒な事に巻き込まれて、以前のように純粋に美しいキャンパス・ライフを楽しめなくなっているからだ。

　とはいえ時の移ろいは早く、すでに前期も半ばの今日は、今年度第一回目のオープンキャンパスの当日だ。

　学外の人たちや受験希望者に大学を見せて「ほら、こんな良い学校ですよ！　どんどん受験してどんどん入学してね！」と宣伝にこれ努める場として、各大学が競うように実施しているあのイベントだ。近隣住民との交流も目的に挙げられているけれど、主眼はやっぱり少子化で減少している受験生の獲得だ。

　一般的なオープンキャンパスでは大学トップの講演や学内見学ツアー、模擬授業に入学についての個別相談などが行われるが、我が啓陽大学のやり方は今年から劇的に変わった。

お堅いことは一切抜き、キャンパスをさながらテーマパークにして来場者を楽しませようという、エンターテインメント路線が前面に打ち出されることになったのだ。

広いキャンパスのあちこちに、飲食スペースを設けてキッチンカーや屋台に出店させ、さまざまな美味しいものを提供する。それも補助金を出して、きわめて低廉な価格で。

学生各サークルによるエキシビション、外部から呼んだ芸人や音楽家のライブ、Ｗｉ－Ｆｉを飛ばしてキャンパスのどこでも視聴出来る学内放送に、スタンプラリーの抽選会。最高賞品は合格の際の入学金免除という、超大盤振る舞いだ。

そして、今年の超目玉は、我が大学が所蔵する至宝にして、人類史的にも計り知れない価値がある、『グーテンベルク聖書』の初公開だ。活版印刷を発明したグーテンベルクが最初に刷ったのが聖書で、現在世界でわずか四十八冊のみ保存が確認されている。そのうちの一冊が、この大学にあるのだ！

これまで学内でも図書館の奥に厳重に保管されていた未公開のお宝を、今年は気前よく図書館内のホールに、無料で展示している。ご本尊のご開帳という感じか。

一般の人にはなんのこっちゃ的なものだが、これは人類の文化遺産として途方もない価値がある書籍なのだ。

それももちろん気になるが、僕としては、僕の授業を受けている学生たちが演習として演劇部の協力を得て上演する『ハムレット』がどうなったのか、それも気がかりだった。

本来は僕が指導して上演まで持っていくつもりだったのだが、授業中に作品そのものに対する抗議があり、結果「女性差別的ではなく、政治的に正しい」上演を目指すという話になり、つくづく嫌になった僕は上演からは完全に手を引いてしまったのだ。

そんな僕は、これまた完全な成り行きで「オープンキャンパス実行委員会」の「実務総括」という大変な役割を押しつけられてしまった。

押しつけたのは、この大学の理事長に就任したばかりの創立者の孫娘、小豆沢コートニー浩美。そして彼女こそが『ハムレット』という作品が女性差別的であるとして、僕の授業中に抗議してきた張本人だ。僕はこの新理事長をひそかに「巻き髪お嬢さま」と呼んでいる。なにしろ僕の授業に勝手に乗り込んでメチャクチャにしてくれたお嬢さまなのだから、そのくらいは許されるだろう。

本来絶大な権限を持つはずの大学理事長がこの小娘？　と僕ですら思ってしまっ

たのだから、予算と人事を握って好き放題やっていた前理事長とその一派から見れば、与(くみ)しやすし、都合のいい傀儡と最初は思ったのも無理はない。

　この巻き髪お嬢さまが新理事長に指名されるについては、まさに都合のよい傀儡、もしくはダミーという以上の理由はなかった。不祥事が露見しそうになり、その追及を逃れるため、電撃辞任した前理事長にしてみれば、彼女は本学創立者の孫娘だから、というだけで引っ張ってきた「お飾り」の存在となる筈だったのだ。まだ若いし女だし、バックに大きなスポンサーもついていないから、誰が見ても前理事長・田淵良明の言いなりになるだろうと思われていた。

　だが……。

「賑(にぎ)わってるじゃん！　大成功だね」

　新理事長の巻き髪お嬢さまは、キャンパスを見渡せるカフェテリアの二階バルコニーで歓声を上げている。

　たしかに、広いキャンパスには高校生だろう若い男女やその保護者と思(おぼ)しき年配者が三々五々、行き交っている。ふんだんに出店しているキッチンカーや屋台で飲み物や軽食を受け取り、歩きながら、あるいはベンチに座って楽しんでいる。周囲にはドラキュラやフランケンシュタインの怪物やサムライの扮装(ふんそう)をしたり、或いは怪獣の着ぐるみを着た学生たちが、イベントのチラシや啓陽大学のパンフレット、バルーンやお菓子などを配っているし、広場の一隅にはお祭りの縁日みたいに輪投げや金魚すくい、射的の屋台まで並んでいる。夏祭りもハロウィーンもごった煮の闇鍋状態だ。

「あたしのイメージ通りにできた！」

ここまでやらなくても良いのでは、と最初は誰もが思ったが、「賑やかしは必要だよ」と言い張るお嬢さま理事長に、全員が押し切られてしまったのだ。

「十分後に、大講堂でメロンマンとクロワッサンズの爆笑ライブが始まります！野外ステージでは、ウィーンの弦楽アンサンブルのコンサートが始まりますよ！」

ピエロの格好をした事務局の久我山が声を張り上げている。予算が足りなくなり、急遽(きゅうきょ)彼に「広報活動」をお願いしたのだ。

「いい感じじゃない？」

お嬢さま理事長はご満悦だ。

「しかしこれじゃあ学園祭とどう違うのか」

「いいじゃん。学園祭はもっと派手にやれば」

彼女はそう言って、「あそこで何か食べよう！」と僕の手を引っ張って駆け出した。絵面だけを見ればテーマパークではしゃぐ恋人同士というところか。

お嬢さまが目をつけたのはフレンチの屋台。「ら・めいらー・のーりーちゅう」

とひらがなで書いてあるが、出すのは本格フレンチで、人気店らしく、長い行列が出来ている。

鶏のコンフィや牛肉の赤ワイン煮、フレンチ弁当、ドリアやグラタンを紙の器で出している。お皿を受け取って口に運ぶ人たちは皆、蕩けるような笑顔になって「美味しい！」と言っている。

幸せそうな光景を眺めるうちに、僕たちの順番が来た。

「いらっしゃいませ。おお、これはこれは理事長閣下」

屋台を切り盛りしている長身で渋カッコいい男がお嬢さま理事長に最敬礼した。

「やだ、あたし閣下じゃないよ？」

「失礼いたしました。何になさいますか？」

歌舞伎俳優に似ているその男は、パリの一流レストランにいてもおかしくない、給仕長風の格好をしている。白シャツに黒のベスト、長い黒エプロンに黒ズボンにピカピカの黒の革靴。

その後ろで「あちち」と言いながら簡易調理台で食材を温めている若い女性がいる。

「あ、あれは、わが La meilleure nourriture の副代表、居間野ヒロミです。理事長のお名前と偶然にも同じですね！」

歌舞伎俳優似の男はフランス語の店名を流暢に発音して、牛肉の赤ワイン煮とバゲットにポテトサラダを盛り合わせたワンプレートを出してくれた。涎の出そうな顔で受け取ったお嬢さまが僕に言う。

「今日は文句言わないでよ。屋台なんだから立って食べるのが当たり前なんだからね！」

「言いませんよ。でもそこのベンチ空きましたよ」

僕たちは並んでベンチに座り、ワンプレートを食べた。牛肉は蕩けるように柔らかで、濃厚なソースが染みこんでいる。これがわずかワンコインで食べられるなんて、なんという大盤振る舞いなんだろう。

「かなりお金使ったでしょう？　ウィーンフィルの団員を呼ぶなんて……」

「ウィーンフィルじゃないよ」

バゲットをソースに浸して食べながらお嬢さま理事長がこともなげに言う。

「単にウィーンから来たっていう、弦楽奏者。ウィーンには音楽家が溢れてるし、日本にも常駐してるんじゃないかってほど、ウィーン出身の演奏家はたくさんいるよ？」

遠くからモーツァルトの優雅な調べが聞こえてきた。

「ワインはいかがですか？」

屋台から給仕長が声をかけてきた。

「え？　学校でワインは……」

「軽くですよ。いいでしょう？　こうして出店させていただいた、店の気持ちです」

そう言いながら、給仕長は赤ワインをグラスに入れて持ってきてくれた。

軽くてフルーティなワインを飲みながら、ここまでの道のりは大変だったなあ、と僕は思わず回想にふけってしまった。

＊

オープンキャンパスの実施に関する理事会に、いち非常勤講師にしか過ぎない僕は出席を命じられてしまった。

命令したのは、既に辞任したはずの前理事長・田淵良明氏だ。

田淵氏は現在、平の理事に降格し、かつ謹慎中のはずなのに、依然として新本部ビル最上階の、豪華な理事長室に居座っている。

そこに呼びつけられた僕は、理事会への出席を下命されたのだ。

「なぜ僕なんですか？　会議に出て、理事会の模様を報告すればいいんですか？」

「それは必要ない。スパイならきみ以外にもいくらでもいる。大事なのは、私の姪の未来の配偶者たる君、つまり私の身内が理事会に出席しているという、そのプレゼンスを示すことなんだ」

「いやいや、僕は彼女、西原こずゑさんと、そんな約束をした覚えはありま……」

と言いかけた僕は言葉をのんだ。ここで完全否定したらやっと得られた非常勤講師の仕事を失ってしまう可能性が非常に高い。ここは、辞職してなお強い影響力を持ち続けている田淵氏の言うことを聞いておくしかないだろう……。

言われるまま僕は理事会に出席した。のっけからお嬢さま理事長がぶちかます。

「オープンキャンパスのあり方をバッポン的？　って言うの？　ええと、ラディカルに変えたいと思います！」

新理事長に就任した巻き髪お嬢さまこと小豆沢コートニー浩美は、オープンキャンパスの全面的改革を提案した。

「もっとフレンドリーで楽しい、心に残るイベントにしないと！　特に、食べ物。屋台やキッチンカーを出して、美味しいものをふんだんに振る舞うの。そうすればキャンパス全体が盛りあがるし、評判になっていっぱい人が来てくれるでしょ！」

さすがにほとんどの理事が反対した。

「理事長は本学をテーマパークにするおつもりか？」

「あの大学は遊び呆(ほう)けているという悪評が立ったらどうするんです？」

だが帰国子女にして空気を読まない＆一切の忖度(そんたく)をしないコートニー浩美の敵ではない。

「悪名は無名に優るっていうでしょ？　それより屋台が如何(いか)に美味しくて、食べたら盛りあがるか、皆さんに試食して貰います」

彼女はこの理事会に合わせてケータリングやキッチンカーの事業者をたくさん呼んでいた。プレゼンさせ、料理を試食させるのだ。

「おお、これは美味(うま)い」

フォークで肉がほろほろと崩れる、鶏のコンフィを食べた理事は思わず顔を綻ばせた。

「コンフィはオイルに食材を浸し、じっくり低温で煮るのです。鍋と違ってオイルで煮るので、肉が柔らかくなります」

「うまい！」

食通らしい老理事が訊いた。

「オイルで煮るというと、アヒージョとどう違うのかな？」

「アヒージョはスペイン語で『にんにく風』という意味です。オリーブオイルとにんにくでいろんな食材を煮込みますが、高温でぐつぐつと煮るところが、低温でゆっくり煮るコンフィとの大きな違いです」

のちほど「こうしろう」という人物だと判明する長身のダンディな男が料理について立て板に水の名調子で説明した。

「こっちのパンケーキのモロッコ式クスクスも美味しい」

「このパンケーキのホイップバターが絶品だね！」

会議室は立食パーティさながら、理事たちは美味しい料理に舌鼓を打った。

いつの間にかワインやカクテルなども供されて、理事会はほとんどパーティ会場だ。

新理事長・コートニー浩美は、既成事実を作って理事たちを取り込んでしまったのだ。

採決の結果、圧倒的多数でコートニー浩美の提案が可決された。

「それでは皆様、各種イベント案も包括した、理事長の案を可決するということで宜しいでしょうか？」

一同、異議無しとなって会議はそこで終了……となりかけたとき、ドアがバンと開いてシェフ姿の男が駆け込んできた。

「それは困る！　ウチ以外の業者を入れられてはウチの立場がない！」

彼は「不味（まず）さでは定評のある学食」の運営を請け負う業者で、学食の責任者だ。

「オープンキャンパス当日はウチの学食が当日の飲食を一手に引き受けていたのに、これじゃ商売あがったりだ！　しかも、なんですと？　補助金まで出して廉価に抑えると？」

冗談じゃない！　と息巻く責任者。しかしそれに怯むコートニー浩美ではない。

「おたくの学食、ボリュームあって値段も安い『オモウマい店』っぽいけど、実態は量が多いだけでゲロマズだし、値段も大学の助成をガッポリ取ってアレでしょ？　独占にあぐらをかいてボロ儲けしてるんじゃないの？」

前期の初日には、会計の列で立ったまま、その学食のコロッケを美味しそうに食べていたくせに、と僕は内心で突っ込みを入れた。

「ハッキリ言ってあの味は、オープンキャンパスの日に食べた人が入学をためらうレベル。だから外の美味しいお店を入れるの。なんならキッチンカーはオープンキャンパス当日だけじゃなくて毎日ずっとでもいいかもね！」

「それはダメだ！　そんな話通りませんよ！　何故ならウチは前の理事長、田淵氏の引きで学食をやらせてもらっているんだからね！」

学食の責任者は伝家の宝刀を抜いたような、自信に満ちた顔になった。しかし、コートニー浩美は首を傾げた。

「は？　それ利権でしょ？　そういう訳の判らない利権は、すべてなくします。とにかくオープンキャンパスの件はもう決まったし、今の理事長は、この私なのよっ！」

　コートニー浩美の大きな目にくわっと睨まれた責任者は、歌舞伎の悪役のように仰け反り、憎々しげに叫んだ。

「おのれこの悪役令嬢がッ！　いやさ悪徳令嬢！　月夜の晩ばかりだと思うなよ！」

　田舎芝居の悪役のような捨て台詞を吐いて、男は逃げ去った。

　理事会が終わったあと、新理事長コートニー浩美は呼び集めた屋台やキッチンカーの業者と細部を詰めるために残り、僕と、そして他の理事たちは外に出た。

「いやはや、悪役令嬢とは言われていたけれど、聞きしにまさる傍若無人だ。悪役令嬢を通り越して、もはや悪徳令嬢だよな」

「理事長交代はあれよあれよと言ううちに決まってしまったが……だいたい何者なんだね、あの小娘は？」

「この大学を創設した小豆沢圭一郎先生の、義理であるが、孫に当たると言うんだがね、どこまで本当だか」

「いや、それは本当ですよ。アーチェリーの事故で亡くなった小豆沢義徳氏と、あの悪役令嬢だか悪徳令嬢だかは顔がそっくりですから」

「言われてみれば……背が高くて骨格がしっかりしているところも義徳氏とよく似

ている」

「あの小娘は、亡くなった義徳氏の、父親違いの妹に当たるらしいんだが」

「義徳氏の母親はヒッピーみたいなアメリカ人と道ならぬ恋をして駆け落ち、日本を捨ててアメリカに渡ったのだよなあ」

「そのヒッピーとの間に産まれたのが、あの悪役令嬢か……創立者とは血筋的に関係がないし、ハーフでもある。しかし義徳氏とは性別も父親も違うのに、外見があれだけそっくりとは……よっぽど母親の血が濃いんだな」

「まあそれはそれとして、看板というか、御神輿（おみこし）としては担ぐのに便利だと、田淵前理事長も思ったんだろう」

「院政を敷くのにね」

「神輿は軽いほうが担ぎやすいと言うけれど、あの悪役令嬢、今日の手腕は相当なものだった。我々を一挙に屈服させちまったじゃないか。それに学食の責任者をやり込めた手際も鮮やかだったし」

「まあねえ。意外にやり手で、一見バカみたいだけど、実は頭が切れるのかもしれんね」

「いつまで大人しく担がれているかねえ」

「神輿が自分で歩き始めたら、仁義なき戦いが勃発するねえ」

理事たちはお手並み拝見という感じで引いて見ているが、コートニー浩美を全面否定したりの拒絶反応は起きていない。そりゃあそうだろう。胃袋を掴まれてしまったのだから。

＊

ブラスバンドの行進の大音量で、僕は我に帰った。

目の前を、アーチェリーの弓を持った人たちが練習場に向かって歩いていく。その中に、どう見ても相撲部ＯＢにしか見えない職員がいる……と思ったら、それは職員の滝田だった。先日、荻島と一緒になって僕を笑った、あの男。スマートな男女の一群に、でっぷり太った男が混じっている光景は非常に違和感がある。どういうことだ、と考えようとしたときに隣のコートニー浩美が立ち上がった。

「それじゃ相良センセ。私、ちょっと用事があるから。またね！」

そのまま走ってどこかに行ってしまった。

それと入れ違いに、チアリーディングのコスチュームに身を包んだ西原こずゑが僕に駆け寄ってきた。

「ハ～イ！　センセイ！」

とあいさつもアメリカンだ。

「こずゑね、チアリーディングのサークルに入ったの！　今日が初陣よ！　相良先生も見に来て！　あたしたち付き合ってるんだし」

付き合っていない。前理事長・田淵氏の姪であるところから無下にできないだけだ。

しかも日に焼けておらず、筋肉もないこずゑが、カラダにピッタリで露出の多い衣装を着ていると非常にエロくてひどく生々しい。

僕は、田淵氏にあることないこと吹き込んだ件について抗議したかったが、こずゑの熱い視線を感じた瞬間、これ以上関わってはならない、と脳内に危険信号が点滅した。

「あっ用事を思い出した！」と僕は叫び、後をも見ずにその場を逃げ出した。

＊

賑やかで華やかな場所が僕は昔から苦手だ。周りが楽しそうにはしゃいでいると、なぜか余計に孤独を感じてしまうのだ。小学校から高校卒業まで、クラスに溶け込めずハブにされていた過去のせいかもしれない。

オープンキャンパスのイベントは順調に回っているし、「総指揮」のコートニー浩美がいるんだから、僕はもう不要だろう。

そう思った僕は図書館に向かった。

先日の授業で『ハムレット』に対する批判が出たので、それについて改めて確認してみようと思ったのだ。

たしかに、オフィーリアに対してあそこまで辛く当たるハムレットが、自分の母親に対しては（父親の亡霊から「王妃を責めるな」と命じられたにせよ）ほぼ責任を追及していないのは不自然だ。母親が女性だから優しくした、という解釈はできない。そのへんを含めて参考書を紐解こうと思ったのだ。

エントランスの特別展示ホールにあるガラスケースに入った「グーテンベルク聖書」を横目に、僕は書架の中に入って、本を探した。

が……読もうと思った本が、ない！

なくなっている。この前まであったのに、今日は、ない。それだけではない。書架に並ぶ本のラインナップが激変している。

目当ての本は貸し出されているのか、と蔵書リストを端末で確認したが……蔵書自体、していないことになっているではないか！

僕はカウンターに急ぎ、司書に確認をした。

「カール・シュミットの『ハムレットもしくはヘカベ』と、ハイルブランの『ハムレットの母親』が蔵書リストに無いんですが」

「はぁ？　リストに無いのなら無いね。百均じゃないけど、『そこに無いなら無いですね』って、つまりそういうこと。おれも忙しいんだから、くだらない質問しないでくれる？」

カウンターにいる司書も、ついこの前まで居た、蔵書がすべて頭に入っているような初老の女性ではなく新しい人物に入れ替わっている。目付きが悪くて、見るからに読書などしなさそうな、アタマが悪そうなデブだ。

ただのデブならここまで悪く思わないが、すこぶる態度が悪い。何よりもこの男は本を扱う司書であるにもかかわらず、言語道断なことに、ポテトチップスの大袋に手を突っ込んでポテチを食べているではないか！

口の周りにポテチと塩の粉をつけたこの馬鹿デブに、僕は「本に油が付着するだろうがッ！」と、怒鳴りつけてやりたかったが……かろうじて我慢して、丁寧に質問した。

「しかし……仮にも大学図書館と百均が同じではいけないでしょう？　だって数日前には書架に並んでいたんですよ？」

「は？　あんた百均を差別するのか？　図書館はエラくて百均は駄目だっていうの

か？　悪質な職業差別だ！　ネットに晒してやる！」

男はスマホを構えてボタンを押しまくり、僕の写真を何枚もパシャパシャと撮影した。

「ちょっとやめてくださいよ。誤解があったら謝ります。職業差別をする意図はありませんでした」

「いいや、許せねえ。許してほしかったら、そこに土下座して謝りな。おれはこう見えてもこの大学の相撲部ＯＢなんだ。理事長に気に入られてんだよ。おれに逆らってタダで済むと思うなよ！　あ？」

なんだこれは？　まるで悪夢だ。アタマの悪いバカデブがヤクザのように凄んでいる。こんな相手にどうして土下座しなければならないんだ？

しかし……情けないが相撲部のＯＢが相手では勝ち目がない。こいつは前理事長に「前」をつける手間すらかけていないのだ。

理事長が替わっても、実質的に本学では、「ワシはまわしで理事長になった」と豪語する悪の前職が、今でも絶対権力者なのだ。下手に逆らうとクビになってしまう。それも来期からではなく、今すぐにでも。

仕方がない。是非もない。土下座して謝るしかない。

覚悟を決めて床に正座しようとしたところで、助け船が入った。

僕のクラスを受講している、茶髪でチャラい飯島康明くんが割って入ってくれたのだ。「ちょっと司書さん。さっきからうるさいんっすけど？　落ち着いて本も探せないの、困るんすよ」

彼を見たデブ司書は一瞬ムッとした。これは司書が学生を投げ飛ばすぞ……と僕は固唾(かたず)を飲んだが……。

「それは……まあ、そうだ。済まなかったね。悪かった」

意外にも元相撲部は、驚くほどあっさりと引き下がったではないか。

「相良先生、行きましょう」

飯島くんは僕を誘って図書館を出た。

「なんすかあれ？　相撲部ＯＢは前理事長の息がかかってるからあんなに威張ってるけど、でも、この大学で一番エラいのは、必ずしも前理事長一味ではないんすよね」

飯島くんは楽しそうに言った。

「じゃあ、誰が一番エラいの？」

「決まってるじゃないっすか。おれら学生ですよ。なんたって学費を払うお客さまっすからね。毎年七十万とか払うんですよ……親が」

そうか……そういう盲点があったのか！

学生は、貴重で大切な、お客さまなのだ。

僕の目からウロコがゴソッと落ちた。

「おれもあの相撲デブに『そこに無いなら無いですね』をやられたばっかりなんです。聞いた話ですが、過去一年、貸し出しのなかった蔵書はこの前全部、本棚から引っこ抜いて、焼くか売り払ったらしいですよ」

焚書坑儒（ふんしょこうじゅ）という言葉が頭に浮かんだ。あるいは華氏４５１。

「それで空いたスペースに、前理事長のお友達がやってる古本屋から買った本を入れるらしいです。新着図書のリストを見たら『北関東の美味しいラーメン店百選』『南九州の美味しいラーメン店百選』『四国の美味しいラーメン店百選』とかその手のシリーズがコンプリートされてて……お前等（ら）どんだけラーメン好きなんだよっていう」

僕は、ウロコが落ちた目の前が真っ暗になった。

たとえ誰も借りる人がいない本でも所蔵しておくのが、知の殿堂たる図書館の使命だろうに。

「そうか……それで前にはあった本が無くなっていたのか……『ハムレット』に関する基本書、それも日本語訳の書籍なんて、誰も借りないだろうし」

僕が借りようとしていた本はドイツの法学者にして政治学者でもある、カール・

シュミットが書いたものだ。文学研究とは違う角度から書かれている。シュミットによればシェイクスピアは、同時代の現実を共有する同時代の観客に宛てて、王位継承問題で揺れていた当時のイングランドの、非常にスリリングで不安定な状況を『ハムレット』に託して語ろうとしていた、と僕は飯島くんに説明した。

「シェイクスピアは、まさか自分の芝居が古典として後世に残るとは思ってもいなかったんじゃないかな。それより『当時の観客なら誰でも知っていた、ある意味ヤバい現実』をそのまま舞台に載せて、観客のウケを狙いたかったんだろう」

ハムレットのモデルは数年後、英国の王位を継承することになるスコットランド王、ジェイムズ一世であり、その母親メアリ・スチュアートには、まさに夫殺し疑惑、すなわちジェイムズ一世の父親の殺害に関与していた疑いが囁(ささや)かれていたことを、僕は説明した。

へえ、と飯島くんは驚いた。

「それは……なんつうか、例えば今、この大学で、前理事長がゼネコンからリベートを受け取ったり、お友達の古本屋に図書館を利用して利益を流そうとしていることをそのまま芝居にして上演するみたいなことっすか?」

「そう。まさにそれだよ。『誰でも知っているけれど、誰ひとり口にできないヤバい現実』。その現実をフィクションとして提示することのスリル。シェイクスピアはそれに取り憑かれていたとしか思えない」

「ヤバいっすね。内角ギリギリ狙いっすか。紙一重でデッドボール＆乱闘確定みたいな。アドレナリン出そうっすね」

　教室ではつまらなそうな顔をしている飯島くんだが、僕の話を聞いて目を輝かせた。それに気を良くして僕は続けた。

「ハムレットのキャラクター、学問好きでなかなか決断できない、且つ生きるべきか死ぬべきか、やるかやらないかをいつまでも迷い続けるあの性格も、ジェイムズ一世そのままだったと言われている。あの巻き髪お嬢さまには『最後にノルウェーの王子に総取りされて何のソリューションにもなってない』と叩かれたデンマーク王位継承問題だけど、それも、ジェイムズ一世に向けて、いつまでも迷ってばかりだとイングランドもこういうことになりますよ、っていう、シェイクスピアから未来の王様に宛てたメッセージだったのかもしれない」

　それを聞いた飯島くんは「すげえ」と興味津々ぶりを剝き出しにした。

「それもヤバいっすね。ほら、あの護憲リベラルで左翼バリバリの上埜先生に、面と向かって、核武装と改憲が日本には必要ですって言っちゃった、あの学生みたいな」

　その話なら僕も知っている。確か去年のことだ。左翼の女性准教授に授業中、果敢にも異議を唱えた学生が以後、授業のたびに論争を仕掛けられて論拠をひとつひとつ潰され、学期の終わりにはついに完膚なきまでに論破され、叩きのめされてギブアップ。泣きを入れて許してもらった、という話だ。

「シェイクスピアに親しみを感じてきたなあ。ウィリアムってよりビルって呼びたい感じ」

「そう。ビル・シェイクスピアのセリフのリズムはビル・ロビンソンのタップのリズムに通じるとジェフリー・コルドバも言っている」

これは映画『バンド・ワゴン』の登場人物のセリフなのだが、飯島くんはさすがに知らないと見えてスルーした。

それでも彼の反応がいいので、つい興が乗り、図書館の蔵書が大量に消えた悲しみも忘れて僕は話し続けた。

「シェイクスピアの内角ギリギリ攻めはこれだけじゃない。今でいう人種差別やユダヤ人差別にも及んでいたんだ」

「『オセロ』と『ヴェニスの商人』ですよね」

「そうだ！」

去年の講義を憶(おぼ)えていてくれたのか、と僕は嬉しくなった。

「それに人種差別だけじゃなくて、今でいうＬＧＢＴＱ問題まであるんだ。イギリスでは十九世紀まで同性愛が犯罪だったんだけど」

それで投獄された作家もいる、と僕は説明した。シェイクスピア本人にもLGBTQ疑惑があり、お芝居とは別にたくさん書いていた十四行詩の大部分が、美女ではなく「美青年」に捧(ささ)げられているのだと。

「そんなシェイクスピアが、『美少年が自分は美少女ですという設定で、男性を相手に恋愛のシミュレーションを行う』設定の喜劇をいくつも書いているんだ。当時の舞台に立っていたのは歌舞伎と同じで、女性ではなく男性ばかりだったから、見た目は男同士が男の服装のまま愛を語るという絵面になる。同性愛が犯罪だった以上、当時としてはこれも凄くスリルがあったんじゃないかな。『お気に召すまま』とか『十二夜』とか」

「十二夜っすか？　それ、オープンキャンパスのエキシビションで、ウチのクラス有志と演劇部が、抜粋して上演するみたいっすよ」

「えっ？　ハムレットじゃなくて？」

あれほど授業でやり合った『ハムレット』じゃなかったのか？

「『ハムレット』は長いし、前期の終わりに改めて上演ってことで。それにほら、あの悪役令嬢、じゃなくって、新しい理事長が連れてきたコリンが、今日はどうしても『十二夜(や)』を演るってゴリ押しで。コリン自ら出演するそうです。そして相手役はなんと……」

と、飯島くんが皆まで言い終わらないところにトラブルが勃発した。

自称司書の相撲デブと、オープンキャンパスの図書館ツァーの人たちが声高に揉め始めたのだ。

ツァー客はオープンキャンパスの見学者の中では年齢層が高い。どうやらこの近隣の住民のようだ。客の中の、どこか労働組合の闘士という印象の、針金のように痩せて攻撃的な雰囲気の中年男性に、見覚えがあった。

彼はこの大学のタワー棟建設に反対している住民運動の中心人物……たしか早瀬（はやせ）さんと言ったなあと思い出した。

そんな面倒な人物でもキャンパスに迎え入れるのが今日だ。とは言え、彼を案内するのは大変だろう……と思って一緒にいる中年女性の姿を見て、納得した。

彼女こそ、先ほど飯島くんが護憲バリバリのリベラルと形容した准教授の上埜先生だったからだ。

リベラル同士、手を組んで、この大学の悪（あ）しき「改革」に抵抗しようというのか？

上埜先生も、今日ここで蔵書の処分を初めて知らされたらしく、激烈に抗議している。その加勢をしているのが住民運動のリーダー・早瀬さんだ。

「なんですって？　蔵書を処分した？　あなた方、前理事長一味は、知識や学問へのリスペクトがないから、そんなひどいことができるんです。ただちに中止しなさい！　本を焼く者は人を焼くんですよ？」

「上埜先生の仰るとおりだ。貴重な蔵書を売り払い、このキャンパスの森を伐採して、あんたらは醜いタワーを林立させ地域住民を風害に曝し、日照権まで奪おうとしている！」

「大正時代の文化財をわざわざ移築した芝居小屋も、潰そうとしているでしょう？」

「オオタカの巣も森と一緒になくなってしまう！」

「だいたいあなた、司書の資格があるの？　業務を何も理解していないじゃないのッ！」

舌鋒鋭い二人から総攻撃されて、デブバカ司書は脂汗をかいてフリーズしてしまった。まったく何も言い返せない。そもそも大学職員が地域住民や准教授には刃向かえない。

そこに、このデブバカから通報を受けた田淵前理事長が駆けつけてきた。

「ワシの可愛い後輩でもある部下が困っていると聞いて……どうかしましたかな？」

戦闘的な近隣住民の早瀬が上埜先生に成り代わって、図書館の対応のひどさを批判した。

「あんた、なーにを言っておるか！」

驚くべきことに前理事長は、近隣住民代表に罵声を浴びせた。

「あんなクソの役にも立たない古本は全部処分してやった。カビくさいゴミじゃないか！」

それは聞き捨てならない。

「お言葉ですが……」

と、僕も思わず割って入ってしまった。

「今日、このオープンキャンパスの目玉として公開されている『グーテンベルク聖書』もカビ臭い古本ではないのですか？」

そう言われた田淵前理事長は激怒した。

「バカモノ！　貴様、生意気な！　グーテンなんとかの聖書は世界に四十八冊しかないんだぞ！　世界の有名な博物館とかが持っている、トップクラスの骨董品（こっとうひん）なんだ！　その値段を考えてみろ！　これは財産なんだ！　お宝なんだよ！　それも判らん青二才がワシに言い返すなど百年早いわ！」

しかしそこで上埜先生が加勢してくれた。

「いえ、相良先生の言うとおりです。古本と馬鹿にするけれど、グーテンベルク聖書とはまた違う意味で、既に絶版で手に入らない、つまり古いがゆえに価値が出ている本も多いんです。このインチキ司書が処分したという本の中にも凄い値段がつく本もある筈なのよ」

「何？　それは本当か？　カネになるのか？」

顔色を変えた前理事長が馬鹿デブ司書に命じた。

「古本の処分はいったん中止しろ。高値で売れるかどうかを見極めてからにしろ！」

「御意！」

前理事長と馬鹿デブ司書は図書館の中に走っていった。

どうやら一難去ったかも、と僕はホッとしたが……気がつくと大勢の人が、今のトラブルを見物するために集まっていた。人って、どうして喧嘩とかトラブルを見物したがるんだろう？

飯島くんが「先生、そろそろ」と言った。

「相良先生、ウチのクラスのエキシビションがもう始まってます。観に行きましょうよ」

演劇活動は既にコリンと悪役令嬢に乗っ取られている。しかも『ハムレット』でもないものを観るのは気が進まないが……講座の担当講師としては、行くしかないか。

＊

文化財的な建物を移築した我が校の芝居小屋「啓陽座」では『十二夜』の一部上演が始まっていた。

舞台では、ルネサンス風の衣裳の、二人の男性が向き合って立っている。白い襞襟のついた装飾的な上着に羽根飾りのついた帽子。

二人とも半ズボンからタイツに包まれた、すらりとした脚が伸びている。白くて長い上着を纏った一人は堂々とした長身、しっかりとした骨格で、非常に舞台映えがする。目鼻立ちもくっきりして、まさに「美丈夫」という形容がふさわしい。

ブルーの服を着たもう一人は対照的に小柄で華奢、ほっそりとした、ほとんど少年と言ってよい外見だ。顔立ちも繊細で、相手役の美青年ほど人目を惹く容貌ではないが、よく見るとこれも並外れた美形であることが判る。

はて、こんなにも存在感のある部員が、我がクラスにいただろうか？　しかも二人も……と僕が考え込む間もなくセリフが始まった。

美少年が美丈夫の瞳をひた、と見つめ、切々と訴える。

「私はよく知っております。女が男に対して抱く愛が、どれほどのものでありうるか」

心を打つセリフ回しだった。一般論に託して、美青年に対する自らの恋心を打ち明けている美少年……と見える俳優は、ややこしいが見かけどおりの少年ではなく、「実は女性」という設定なのだ。

難破して流浪の身となったヴァイオラは男装してイリリアの公爵の従者となるが、やがて公爵を愛してしまい、女性であるという真の姿を明かすことが叶わぬまま苦しんでいる。

一方、ヴァイオラの想いに気づく筈もない公爵は、女の愛には深さも激しさもない、と言い放つ。そんなことはない、と「彼女＝自分の父の娘」に託して自分の愛の深さを訴えるヴァイオラ。

「彼女は決して、自分の想いを口にすることはありませんでした。薔薇の花を虫が食い荒らすように、その秘めた恋が彼女の薔薇色の頬をむしばみ、彼女はやつれてゆきました。緑色の、そして黄色の憂鬱に取り憑かれ、ただ石のようにじっと座り、悲しげに微笑(ほほえ)んでいたのです」

美少年に扮した美少女は、複雑なやり方で、自分の想いを愛する人に伝えていた。

「これが愛でなくてなんでしょう?」

授業でも講読し、自分の研究でも何度となく読んだことのある有名な場面だが、ヴァイオラのセリフにあまりに真情が籠もっていたので、僕は思わずもらい泣きしそうになった。

そこでようやく気がついた。あまりに巧みなのですぐには判らなかったが、美少年の声は女性のものではなかった。これを演じているのはシェイクスピア時代と同じ、女優ではなく少年俳優なのだ。僕は美少年……いやその俳優の顔に目を凝らした。

おお、これは……!?

僕の脳裡(のうり)にまたしても、「きみを夏のひと日にたとえようか? いや、きみははるかに美しく、ずっと穏やかだ」のフレーズが自動再生された。

美少年を演じているのは、あの館林湖琳。僕の授業に出席して僕の目を奪った、あの美しい青年・コリンだった。

なるほど。この大学に転入する前は小劇団をずっとやっていた、という看板に偽りはなさそうだ。セリフ回しといい感情表現といい見事なものだ。こいつになら、『ハムレット』の上演を乗っ取られてもかまわない、と僕が心から思った、その時。

とんでもなく耳障りな声がぼくの感動を台無しにした。

「だがその娘、お前の妹は愛ゆえに死んでしまったのか？」

これはひどい。発声がなっていない。無理に大きな声を出そうとして、ほとんど怒鳴り声になっている。しかもとんでもない棒読みだ。抑揚もなく日本語としてのリズムもない。

舞台に立っているもう一人、白い服の美丈夫が、愛らしい美少年に酬（むく）われぬ恋の顚末を尋ねているわけなのだが、僕は、こいつの演技のポンコツぶりにほとんど殺意すら覚えた。

なんでこんなクソ大根を……と憤ったところで気がついた。

これは……悪役令嬢の声だ！

見れば羽根飾りつきの帽子からこぼれている豊かな、ほとんど金色に近い茶髪の巻き毛も彼女のものだし、その長身とタイツに包まれた見事な脚線、堂々たる骨格もお嬢さまのものだった。

本学の新理事長が、オープンキャンパスの演劇エキシビションに参加？　どうして？　容姿以外、演劇的能力にはまったく見るべきところがないのに？

僕の疑問をよそに、美少年、いや美青年コリンは、せつないほどの真情を込めて、巻き髪お嬢さまこと小豆沢コートニー浩美の顔を見つめている。

これはたぶん僕の先入観だと思うが、コリンはおよそ女性に心を動かされるタイプには見えない。いや、仮に女性を好きになるとしても、どうしてその相手が悪役令嬢なのだ？

彼女ときたら性格は最悪、女性らしい、いや人間として持っていて当然の気遣いなどもカケラもない。なにより態度と立ち居振る舞いがあんなにガサツなのに……。

芸術家肌のコリンが、あの雑な感性に耐えられるとは、とても思えない。

呆然（ぼうぜん）とする僕に構わず、舞台ではコリンが、悪役令嬢の問いに答えている。

「父の家にいる女子も男子も、今となっては、わたくし一人でございます」

「妹は死んだ」とも「娘である私は生きている」とも、どちらとも取れるダブルミーニングとともに、第二幕四場は幕切れとなった。

客席から拍手が湧き起こり、オープンキャンパスのエキシビション、『十二夜』よりの抜粋上演は終わった。

俳優二人の演技の質に致命的なバラつきがあったとは言え、どうやらこの二人の、並外れたビジュアルに救われたようだ。

鳴り止まない拍手に、コリンと悪役令嬢はそれぞれ、脱いで手にとった帽子を円を描くように優雅に回し、何度も深々とお辞儀を繰り返している。

隣の飯島くんも感に堪えたように言った。

「いやー、コリンうまいっすねえ。マジで本物の女子よりカワイイし、それにエモい」

指で目元を拭っている。

「けど、相手役が全然っすね。悪役令嬢の芝居、残念すぎィ」

僕が思ったことを飯島くんも断言した。

「どうでしたか相良先生？　新理事長の公爵と、ぼくのヴァイオラことシザーリオは？」

コリンが白いハンカチで額の汗を拭いながら僕に訊いた。

カーテンコールが終わり、オープンキャンパスの見学者たちが全員芝居小屋から出ていったあとの、ガランとした客席には僕たちと公演関係者だけがいた。

「うん。きみのヴァイオラは素晴らしかった。有名な二幕四場を選んだセンスもいいと思う。『ハムレット』ではなく、あえて演目を替えた価値はあったと思うよ」

「それはありがとうございます。『ハムレット』は前期の終わりに改めてやりますから」

コリンは爽やかに言った。

「それは楽しみだね。でも……」

僕は、どや顔で「ホメて」と言わんばかりの悪役令嬢をチラリと見て言った。

「公爵が大根だったので台無しだ」

「ダイコン？　ワッドゥーユーミーン？　ああ、ジャパニーズホワイトラディッシュね。あれ美味しいものね。……やだ。そんなに上手だった？　あたしの演技？」

どこをどうしたらここまでポジティブになれるのか。

僕は彼女を無視してコリンに言った。

「いや、とにかく、この人を……新理事長を舞台に立たせるのはこれっきりにしたほうがいい」

前期末にやる予定の『ハムレット』にも出る、などと言われたら最悪だ。だが。

「お言葉ですが」

意外にもコリンが反論した。

「ボクの相手役は、ほかならぬ小豆沢理事長じゃなくちゃダメなんです。どうしても必要なんです……この顔、この面差しが。忘れることなど出来ない、ある人にそっくりな……」

コリンはごく自然に手を伸ばし、悪役令嬢の顔の輪郭をなぞっている。

この女の一体どこがいいのか、そんなに好きなのか、と訊こうとしたところで、芝居小屋の外で叫び声があがった。

「稀覯本が盗まれた！」

「グーテンベルク聖書が盗まれたぞ！」

僕たちは「え！」と驚いて顔を見合わせた。

＊

公演の後始末があるコリンを残して、公爵の扮装のままの理事長たちとともに芝居小屋から慌てて外に出ると、すでに不穏なざわめきが来場者の間に広がっていた。

「図書館に展示してた、すっごく高い本が無くなってるんだって」

「時価ウン億円だとか」

「普段は金庫に入れて、厳重に保管してるんだけど、今日はオープンキャンパスだから特別展示してて」

「アレはこの大学の宝だったから、アレがなくなるとこの大学は潰れるらしいよ」

人々の噂話にはどんどん尾鰭がついて、悪い方向に暴走し始めている。

「図書館に行きましょう！」

コートニー浩美は、別人のように引き締まった声と表情で告げた。芝居はど下手だが、新理事長としての貫目は、それなりにあるのではないか。

僕たちは、図書館に向かった。

エントランスの特別展示ホール。空っぽのガラスケースを前にして、田淵前理事長と上埜准教授、そして住民運動リーダーの早瀬が睨み合っていた。一触即発の空気が満ちている。

「犯人はお前らだ。お前らのようなアカが盗んだに決まっている！　どういうつもりだ？　ワシへの嫌がらせか？」

「理事長のおっしゃるとおりだ。この盗っ人めらが！」

前理事長に寄り添う職員は、「理事長付」の相撲部ＯＢ・荻島次郎だ。その後方には何故かピエロが立っている。よく見ると、それは本日のイベント広報に従事していた、職員の久我山だった。

リベラルを毛嫌いする前理事長は、早瀬さんと上埜先生に疑いをかけて、証拠もないのに犯人扱いしているのだ。

しかもデブ職員の荻島も、インチキ司書と同様、「前」理事長とすら言わない。こいつら取り巻きの腰巾着の中では、今でも本学の理事長はこの人のままなのだ。コートニー浩美はその秩序を乱す悪役令嬢で、結局はただの傀儡としか思われていないのだ。だが。

「ちょっとオッサン。その言い方でいいの？　見学の方と先生に失礼でしょ」

コートニー浩美が割って入った。衣裳もメイクも公爵の扮装のままなのが、なんだか笑えてしまう。僕は必死に笑いを堪(こら)えた。

果たせるかな、激怒する前理事長。

「オッサンとは何だ！　この小娘が。お前なんぞはただの傀儡だ。チンドン屋みたいな格好して、エラそうなことを言うな！　誰がお前を理事長にしてやったと思ってるんだ！」

「カイライ？　何それ？」

コートニー浩美も田淵氏を睨み付けた。

「なんかアンタ、あたしに恩着せがましいようなことを言ってるけど、ちょっと何言ってるのか判らないんだよね？」

「ナニっ！　ききっ貴様、生意気だぞ！」

まさか言い返されるとは思っていない田淵氏は言葉に詰まり、あうあうしている。

「とにかく今の理事長はあたしです。みなさん、礼儀も常識もキョーヨーもない、こんなアホみたいなデブのオッサンが怒鳴り散らして、大変、失礼を致しました」

彼女は早瀬さんたちに向かって深々と頭を下げ、改めて田淵氏に向き直った。

「ねえちょっとアンタ。デブとかオッサンとか言われて怒る前に、盗まれた本を何とかしなきゃでしょ。アンタ、バカなの？」

そう言われた田淵氏はさらに顔を真っ赤にした。怒るに怒れなくなりフラストレーションで爆発しそうになっているのだ。

「それで、聖書はいつ盗まれたの？」

基本情報を確認するコートニー浩美。

「図書館にはこんなにヒトがいたのに？」

「いやいや全員がここにずっといたわけじゃない。目を離した隙に、と言うしかないな」

田淵氏が言い訳するように言った。

「ワシも、上埜くんたちも、この糞（くそ）サヨク……いや、住民の早瀬氏も、グーテンなんとかの聖書が消えたと聞いて、ここに飛んできたんだからな！」

「そもそもあのグーテンベルク聖書、いくらしたんですか？」

僕も思わず訊いてしまった。

「ありゃ幾らだったかな。十億円くらいか」

田淵氏は軽い口調で側近の荻島に訊いた。

「さあ？　難しいことは私にはちょっと」

荻島は責任を回避し、上埜准教授が訊く。

「そもそもグーテンベルク聖書は完本は世界に四十八冊しかないとされているのに、どうしてここにあるのか。リストには本学の名前は入ってませんよ」

上埜准教授は事実を元に追及したが、田淵氏も荻島も答えられずに意味不明の笑いを浮かべるばかり。そこで後ろに控えるピエロ姿の久我山が助け船を出した。

「ええと、どこだったか、金に困った博物館が密（ひそ）かに売りに出して、それを買ったんです。所有リストにはまだ反映されていないというか、今後も反映されないのではないかと」

「それではモグリではありませんか！」

上埜先生のツッコミにも久我山は動じない。

「さあ。元々所有していた博物館にもメンツがあるでしょうし……国家的財産でもあるし」

「その元の博物館はどうしてるんですか？」

僕も初歩的な質問をせずにはいられない。

「知らん顔して、精巧なレプリカを展示していると聞いています」

レプリカ、と聞いた瞬間、僕は思わず余計なことを口走っていた。

「まさか、本学にある方が精巧なレプリカだったという可能性は……」

「そっか。レプリカなら無価値に近いよね」

悪役令嬢もあっさりと言った。

「だって、要するにニセモノなんだから」

「ニセモノ？　無価値？」

田淵氏が叫んだ瞬間、ホールの隣にある書庫から何かモノを落としたような大音響が聞こえた。

「なにあれ？　ポルターガイスト？　お宝ニセモノ疑惑で図書館の神様がお怒り？」

チャラ男の飯島くんが囁くように言った。一方、田淵氏は久我山を問い詰めている。

「オイお前！　その辺はどうなんだ！　あれは将来値が上がる骨董中の骨董だというので大枚はたいて買ったんだぞ！」

叱責されてへどもどするピエロ久我山。

「いやその、私はその担当でもなんでもないので、詳しい事は判りません。今手が空いている事務局の人間が僕だけなのでここに呼ばれたのであって……」

「たしか、グーテンベルク聖書を買ったのは前理事長の一存だったんですよね」

上埜先生も追及の手を緩めない。

「購入の経緯を明らかにする必要があります。田淵さんの側近で金庫番と言えば……副理事長だった大友さんですよね？」

田淵氏は真っ赤な顔をして自分のスマホを操作した。

「……出ない。留守電になるばかりだ」

「怪しいですよ。悪事がバレたと知って、もしかして逃げたのかも？」

「とにかく！　ニセモノか本物か知らないけど、大切なトレジャーがなくなったのは事実なんだから、解決しなきゃダメっしょ！」

コートニー浩美が言った。

「ガラスケースに入っていたものが自然に消えた？　あり得ないでしょ？　だったら、誰かが盗んだとしか考えられないよね？」

彼女はケースの周りをゆっくり歩いた。

「ほら、カギだってかかってたワケだし」

そう言いながら彼女はガラスケースのフタの手前のフチに手をかけ、あたかも姑が若い嫁さんの掃除をチェックするかのように、指をすーっと横に滑らせたりしている。

お嬢さまは何をしている？　掃除が好きなタイプだとは、とても思えないが……。

彼女が天井を見あげたので一緒に上を見ると、監視カメラが設置されていた。

「ほら、あのビデオ。録画を見れば即、判るじゃん？　犯人が誰なのか」

「監視カメラの映像はどこで見られる？」

「警備室で集中管理しているはずです」

「よし！　みんなで見に行こう！」

先頭に立って警備室に行こうとする前理事長。しかし、コートニー浩美はここに残ると言い張った。

「監視カメラの映像はみんなで見るから、タブチのオッサンは嘘つけないでしょ？　あたしはここで調べることがあるから」

一度言い始めたら他人の意見は聞かない。

そうですか、それじゃお好きなようにと、僕たちはぞろぞろと警備室に向かった。

だが。

「済みません……なんか、どういうわけか、何も映ってないみたいで……」

深々と頭を下げる警備主任に、田淵氏はなんだと！　といきり立ち、他の面々も
「どういうことだ？」と警備主任に詰め寄った。

「回線の不具合かと……。実は監視カメラはあとからつけたので、結構な箇所で回線が不備なままなのです」

「不備だと判っていながら運用していたんですか？　改善もせず？」

上埜先生が斬り込んだ。

「モニターを見れば映っていないことは判るはずでしょ？　それにも気がつかないほど、皆さん不注意で意識散漫なんですか？」

「いえ、判ってはおりました」

「ではどうして放置したんですか？　怠慢ではないですか！」

それはそうなのですが、と警備主任は説明し始めた。

「先般、ＪＲの駅の多目的トイレで利用者が亡くなっていたのに、そのブースの非常ボタンの配線がされてないままテストもしていなかったという事例がありましたよね。つまり、機能してないと知らないまま多目的トイレを運用していたと。しかしウチは、配線が一部出来ていないことは知った上で運用しておりましたので」

「余計悪いじゃないか！」

近隣住民の早瀬さんが声を上げた。

「知らないままより、知っててそのままという方が遥かに悪質でしょうが！」

「いえしかし、予算というものがありまして、警備防犯関係の予算は最近とても厳しくて、減らされる一方でして」

警備主任が田淵前理事長をチラと見たので、他の全員の視線も田淵氏に集中した。

「なんだ？　ワシが悪いと言うのか？　本学のトップだったからといって、すべてを把握していたわけじゃない。警備保安系の担当理事が悪いんだろ……お前か！」

田淵氏は側近の荻島を指差した。

「いえいえ私は一介の職員で、理事ではありません」

うろたえて手を振る荻島。

「とにかく、監視カメラは用をなさなかったということです。戻りましょう！」

僕たちはまた、ぞろぞろと図書館に戻った。

が、そこでは新展開が待っていた。

コートニー浩美の前で、デブ司書が土下座していたのだ。

「みんな、犯人が判ったよ！」

彼女はニッコリ微笑んで、インチキ司書を指差した。

「こいつ」

そう言われたインチキデブは頭を上げ、再度集まった僕たちを見てキョドっている。

「ねえ君、よっぽどポテチが好きなんだね」

僕は思わず指摘してしまった。デブ司書の口の周りにはポテチのカスや塩がついているのだ。イイトシして、ガキかよコイツは！

「いいところに目をつけたね、相良くん」

まるでホームズがワトソンを褒めるような口調で、新理事長は僕に言った。

「ガラスケースの前にも、ポテチのカスと塩が落ちてたんだよ」

「あ、だから、姑が嫁の掃除のアラ探しをするときの、アレを」

僕は感嘆した。僕だけではなく、みんなも名探偵の推理にあっと驚いた。

「それにね、さっきあたしが、レプリカは無価値と言ったとき、隣の書庫から物音がしたでしょ？　あれはコイツが驚いて、整理中だった本を落としたんだよね」

「お裁きの通りです……」

観念したデブ司書は、お白洲でうな垂れる下手人みたいに白状した。

「食費がかさんで、生活費の足しにようと、ついギャンブルにも手を出して……」

「なんだと？　食うに困ってバクチで金を増やそうとした？　どこまでバカなんだ

貴様は！」

　田淵氏は激怒した。

「満足な給料を出していないみたいに言うな！」

「でも本学の職員の給料は安いですよね？　その中でも司書のお給料はもっとも安いはず」

　上埜先生が指摘した。

「おっしゃる通りです。図書館の運営はこの際、外注しようという動きが出ておりました」

　教務課の久我山が正直に言った。

「新古書店の古本110番に任せよう、と」

「そうかー。なので『美味しいラーメン店百選』とかの、売れ残り確定の古本ばかりが増えてたんすね！」

　図書館ユーザーの飯島くんが納得した。

「で、肝心のグーテンベルク聖書はどこだ」

　田淵氏がデブ司書の胸ぐらを摑んで引っ張り上げた。

「吐け！」

　しかし、デブ司書は口を噤んでしまった。

「まさか貴様、カビ臭い古本だと思って処分してしまったんじゃないだろうな！」

「そんなワケないよね？」

コートニー浩美は田淵氏を押しのけ、デブ司書の前にしゃがみ込んで、言った。

「今正直に言うならオンビンに済ませてあげるから、言ってごらん」

窓ガラスを割った悪戯っ子を諭すような優しい口調だ。便乗する前理事長。

「そうだ、早く吐け！　この野郎！」

「うるさい！　タブチ！」

お嬢さまに呼び捨てにされる前理事長。

デブ司書が自白した。

「……あの本は……私のロッカーに、東京スポーツの古新聞に包んで……」

それを聞いた荻島と久我山が弾かれたように飛んでいき、すぐに戻ってきた。その手には、東スポで包まれた物体があった。

「申し訳……ございませんでしたッ！」

デブ司書が再び床に平伏した。

中味を確認しようと、荻島が無造作に東スポの包みを剝がそうとした、その時。

「ダメよ！　素手で触らないで！」

上埜先生のチェックが入った。

「歴史的に大変な価値があるものよ！　十五世紀に刷られた、世界最初の活版印刷物なのよ！」

「たとえそれがスーパーのチラシでも、古けりゃ歴史的価値はあるんすよね」

　飯島くんが言う。多分その通りなのだろう。

　東スポの包みは、図書館に入ってすぐの閲覧室のテーブルに置かれたが、誰も手が出せないでいた、その時。

「呼んだかね？」

　と言いつつ、絵に描いたような刑事がやってきた。

　手には白い手袋をしてスーツにダスターコートという、一昔前のテレビドラマに出て来そうな姿だ。日に焼けた顔といい、いかにもすり減っていそうな靴底といい、刑事のコスプレとしか思えない。

　ここには『十二夜』の扮装のままのコートニー浩美理事長とピエロ姿の久我山もいるので、ほとんど仮装大会だ。

「三多摩署刑事課捜査一係の美富士だ」

　その男は警察手帳を出してみんなに見せた。その手つきも限りなくわざとらしい。

「……武富士？」

「人を潰れたサラ金みたいに呼ぶんじゃない！　私は美富士武彦。本物の刑事だよ！　通報があって飛んできた」

「誰も呼んどらん。ちょっとした行き違いだ。もう解決したので、きみ、帰り給え」

田淵氏がそう言い、取り巻きたちも大学の評判を落としたくないのか口々に言った。

「その通り。自己解決しましたので、もう大丈夫ですよ」

こんなドタバタ不祥事が表沙汰になったら外聞も悪いし、来年の受験者・入学者数にも響く。オープンキャンパスのさなかだけに、と取り巻きの誰もが思ったのだろう。

「あなた方。ちょっとした行き違いとか大丈夫とか、曖昧な言い方は止めなさい」

美富士刑事は怒った。

「警察としては、通報があった以上、押し売りを追い返すみたいな言い方をされてハイハイと引き上げるわけにはいかない。なんでも、国宝級のものが盗まれたとか」

「ですから、それはもう解決しまして、そこにあります」

僕がテーブルの上の包みを指差した。

「確認しましょう。では、失礼」

美富士刑事は慎重な手つきで新聞の包みをゆっくりと広げた。

中からは、皮で装丁された分厚い、荘厳な「書物」が現れた。紛うことなき、グーテンベルク聖書だ。ここまで間近に見ることが出来るとは！

「ね？　盗まれたと思ったけれど、現物がこうしてあるので、問題がないということで」

コートニー浩美が下手なりに取り繕おうとした。

「いや。盗まれたという通報があった以上、警察としては捜査します。いいですか？　窃盗は親告罪ではないのです」

美富士刑事は一同を見渡した。

「犯人は、そこで土下座している、体格のいい男性ですな？」

「んーまあね。動機は遊ぶ金欲しさかな？」

新理事長が短くまとめた。

「なるほど。しかし警察としては調書を取らねばなりません。そのためには、その男が犯人である事の証明をしなければならない。自白だけではなく物的証拠が必要です」

「証拠は、そいつの口の周りや手についているポテトチップスのカケラと塩の粒ね。ガラスケースの周りも見てみて。グーテンベルク聖書の外側にも付着しているはずだよ！」

コートニー浩美がそう言うと、デブ司書は「塩を落とさないと本が傷んでしまう……」と口走り慌てて腰を浮かせた。

「貴様！　証拠隠滅はヤメロ」

デブ司書は前理事長に張り倒された。

「こちらとしては鑑識に廻さないとイカンのでね」

美富士刑事がデブ司書の口の周りや手から、ポテチ片と塩を採取しようとした、その時。

遠くから悲鳴が聞こえてきた。

「ん？　なんだ？」

美富士刑事が窓に駆け寄って外を見た。

同時に、荻島のスマホに着信があった。

「え？　なに？　アーチェリー部のエキシビションで事故？　人が死んだ？」

僕を含めて、全員の顔に緊張が走った。

第三話　悪のちゃんこ屋

図書館の中にいた僕たちにも聞こえるほどの、大きな悲鳴。同時に携帯の着信音が鳴り響いた。

「事故のようです！　アーチェリー場で人が倒れているそうです」

「理事長付」の相撲部ＯＢ・荻島次郎がスマホの画面を見て叫んだ。

「マジで？　すぐ行かなきゃ！」

コートニー理事長が叫び、美富士刑事を含む複数名が走り出した。

「アーチェリー部の練習場ってどこ？」

「芝居小屋から坂を下った、この下です」

公爵のメイク・衣裳のままのコートニー理事長の問いに、大学職員の久我山が走りながら答えた。

「アーチェリー練習場は地図では芝居小屋のすぐ隣りですが、実際には芝居小屋が丘の上、崖の下が練習場という位置関係で、高低差が十メートルくらいあるので」

「そうですよ」

　と僕も思わず言った。

「芝居小屋の裏の、急斜面を滑り降りればすぐだけど」

「ヒヨドリ越えか」

　と美富士刑事。

「冗談でしょ。滑り降りるなんて絶対、イヤだからね！」

　コートニーが怒った。たしかに、急斜面には藪（やぶ）が生い繁（しげ）っている。足を踏み入れるだけで、公爵の舞台衣裳が台無しになるだろう。

　美富士刑事は走りながら携帯電話に増援を寄越せと怒鳴っている。

　急カーブの坂を駆け下りて辿（たど）り着いたアーチェリー練習場には、すでに警備員が到着して一般客を入れないようにしている。

　なるほど。丘の上を見上げると芝居小屋があって、その丘を削り掘ったところに屋外の練習場がある。上から見ただけでは判らなかった。崖を的から外れた矢を防ぐ壁として利用する設計なのだ。

「あそこです。的の裏側です」

　警備員が指さす方向に美富士刑事が向かい、僕たちもその後に続いた。

　的が並ぶ壁と崖の間には狭い空間があり、備品などが置かれていることが判った。

その空間に入ると……一番左端の的の裏側に、男が倒れていた。でっぷり太った男で、その胸にはアーチェリーの矢が垂直に突き立っている。

この男は……さっきアーチェリー部の面々と一緒に歩いていた滝田ではないか。出血はそれほどでもないが、滝田はピクリとも動かない。

相撲部OB・荻島も、その姿を見るなり、「滝田さん！」と叫んだ。

弓を持ったアーチェリー部の面々は、ここの反対側にある射場に集まり、顔面蒼白で固まっている。

「救急車は呼んだか？」

美富士刑事が声を上げると、「もう呼びました。警察にも連絡しました」との声が返ってきた。しかし呆然と立ちすくんでいる部員のうち、誰ひとり救急救命措置をしようとはしていない。

コートニー理事長が「心臓マッサージ！」と叫びながら倒れた男・滝田に走り寄った。だがしゃがみ込もうとしたところで、美富士刑事に止められた。

「素人は触らないで！」

そう怒鳴りつつ、美富士は倒れた男の右手首を持って脈を取り、閉じた瞼を指で開けて瞳孔を見たが、そこで首を横に振った。

「矢が心臓を貫いている。ほぼ即死だろう……」

刑事はそう言って周囲を見渡した。手の施しようはない、と言いたげだ。

しかし、公爵の扮装をしたままのコートニー理事長は矢が刺さった男の傍らにしゃがみこんで心臓マッサージを始めた。

「誰か、ＡＥＤを持ってきて！　早く！」

学内警備員が赤いＡＥＤのセットを走って持ってきた。

「ねえ、この矢、邪魔なんだけど抜いちゃっていい？」

「ダメだ。心臓がもっと損傷する恐れがある」

美富士刑事が即答する。

理事長は仕方なく横たわった男の胸に着衣の上からＡＥＤのパッドを押し当て、「離れて！」と叫んでボタンを押した。

滝田の全身は電撃を受けて跳ね上がったが、電撃を何度繰り返しても、鼓動が戻ることはなかった。

「死亡の判定は医者しか出来ない。よって今の状態は『心肺停止状態』だ」

美富士刑事が言わずもがなな事を言っているところに、ようやく救急車と警察の面々が相次いで到着した。

救急隊が蘇生措置をしながら滝田を救急車に収容し、警察の鑑識は現場の状況を調べ始め、一緒にやってきた別の刑事が美富士からあれこれ聞き出そうとする一連の動きで、現場は一気に慌ただしくなった。

「いや、この現場にはおれも今臨場したばかりだから。図書館での貴重書盗難騒ぎで呼ばれて、そっちは犯人がすぐに割れたんだが……。誰かアーチェリー部の関係者はいないのか？　チームのキャプテンとか」

美富士が誰にともなく声をかけると、「では私が」と進み出る人物がいた。それは、文学部英文学科最古参の老教授・江藤祥三郎先生だった。

「私、アーチェリー部の顧問を昭和の終わり頃からずっと務めております江藤と申します。アーチェリー部のキャプテン、三沢（みさわ）くんはただ今、ちょっと席を外しているので、この私が」

長身で身だしなみの良い七十歳の老人は口ひげを撫（な）でながら言った。帽子と三つ揃いのスーツが如何にも英国風だ。

「矢を射られて倒れていたのは、さっきも荻島くんが言っていた通り、本学職員の滝田啓介氏です」

「相撲部のヒトが、どうしてアーチェリー部に？」

僕は思わずそう訊いてしまった。

「逆に訊きましょう。滝田くんがどうして相撲部だと？」

江藤教授はほら来たという表情で僕を見た。

「いや、それは、あの体型からして……どう見てもアーチェリーと言うより……」

「いかにも。滝田くんは学生時代、そこにいる荻島くんと同じ、相撲部でした」

その通りです、と荻島も付け加えた。

「滝田は卒業して職員になってからは、アーチェリー部の担当でした。アーチェリーと相撲、どちらも本学の花形というか、伝統と実績ある部活という位置づけですからね」

「まあ、相撲部の学生は前理事長のヒキで職員に採用されることが多いので、自然とデブが大学のあちこちにいる形になっていますね」

江藤教授は天然なのか意図してか、皮肉を交えた。

「なるほど」

話を聞いていた美富士は頷いた。

「で、江藤先生。先生は事件について目撃されましたか？」

美富士が訊くと、江藤教授は「いえ、その瞬間は見ておりません」と首を振った。

「本学アーチェリー部は創立以来の名門で、このオープンキャンパスでも十四時からエキシビションをやるということで、アーチェリー部の現役学生やＯＢが集まって、その準備をしていたのです。おそらく射られた滝田くんは、何らかの準備のために的の裏に回り、その時に何者かに射られたのでしょう」

この時、「すみません、遅くなりました」と言いながらがっしりした体格の、いかにもスポーツマンらしい外見の青年が登場した。紺のブレザーにエンジ色のネクタイという、きっちりした格好だ。

「おお、三沢くん！」

江藤教授は彼を招き入れた。

「アーチェリー部キャプテンの三沢慎司くんです。じゃあ君からこの練習場についてご説明差し上げて」

江藤教授に言われて、三沢キャプテンは説明を始めた。

「このアーチェリーの練習場は、ご覧の通り屋外で、安全のために特に丘を掘削して作った崖を背にしています。射場から的までの距離はインターハイなど公式競技に合わせて七十メートル。同時に五人が射ることが出来ます」

僕を含めた一同は改めて練習場を見た。

日本式の弓道場によく似た作りにしてあって、コンクリートの床があるところが「射場」で、芝生の庭を挟んで七十メートル向こう側の屋根の下に的が並んでいる。

庭の左側には目の細かい金属製のネットが張ってあって、的に向かう通路が設えてある。

「滝田さんは、ネットの向こう側の通路を歩いてたんですか？」

美富士が訊くと、江藤教授は首を横に振った。

「いえ、まだ準備中だったので、芝生を横切って」

「どの辺だったか教えて戴けますか？」

美富士刑事に促されて、老教授は被害者の滝田氏が歩いたコースを自分で歩いて見せた。

全員が教授の後について移動する。

「射場から的に向かって右方向から左方向に歩いて、一番左端の的の前を通り過ぎて、左側から的の裏側に入ったように見えたんです。的の裏側は暗いので、射場からはよく見えませんし、なかなか出てこないしで……私たちは他にすることもあったので、滝田くんのことは失念しておりました。そのうちに」

江藤教授は部員たちを見渡して、頷きあうと、言葉を継いだ。

「そういや滝田さんどこに行ったんだろうって学生の間で話が出て、的の方に行ったという学生もいたので見に行ったら……的の裏側に滝田くんが仰向（あおむ）けに倒れていたんです」

的の裏側では、鑑識が滝田が倒れていた角度などを検証している。

「それで、発見まで時間がかかったわけですね」

「たしかに、この的の裏側は死角になりますから、ここで矢を射られ、それが胸に刺さって倒れ込んでも、見ていた人はいないでしょうね」

　鑑識課員がそう言って頷いた。

「ごらんのように、ここは狭いです。普段は個々に予備の的を置いたりするだけの場所ですから」

　三沢キャプテンもそう言って、狭い空間の中を見渡した。

「滝田氏より先に、ここに誰か入るのを見た人は？」

「居ないと思いますよ。それに、誰にも見られずにここに入るのはたぶん無理です」

　江藤教授が言った。

「この練習場の入口は、射場の側にひとつあるだけですから」

「誰かがここで待ち伏せしていて、滝田くんがやってきたところを目がけて矢を射った？」

　僕がそう言うと、三沢と江藤教授は顔を見合わせた。

「さあ、どうでしょうそれは。待ち伏せして犯行に及んだとして、犯人はそのあと、どこに逃げたんです？」

　的の陰から出てきた部外者を見た者はおそらく居ない、と江藤教授は言った。

「内部の誰か……アーチェリー部の関係者の犯行だと言うのならともかく、それも考えづらいですね」

「だったら、ほら、アーチェリーって飛び道具じゃん？　犯人はこの人を、遠くから射ったんだよ！」

　とお嬢さま理事長。

「無理無理無理無理。無理ですよそれは」

　理事長のお言葉ではありますが、と江藤教授が手を振った。

「的の裏のここはご覧の通り、人が立っているのがやっとの幅しかありません。しかも左右両側に金属のネットがあります。矢を射るとしたら左の通路側、弓道で言うなら射場から的に向かう『矢取廊下』に相当するスペースから、ということになるでしょうが、誰にも目撃されずに射ることは不可能です」

　そもそも的に向かう通路も、的の裏側のスペースも狭い、と江藤教授は指摘した。

「弓を引くスペースもないし、悪くすると弓に矢をつがえただけで、どこかにぶつかってしまいますよ」

「あ！」

　僕は思わず声を上げてしまった。

「それだ！」

　僕は右手を低い位置に構え、矢を握る仕草をしてみせた。

「犯人はここの奥に立って、こう矢を構えて、滝田さんの胸に突き刺したのでは？　ブスッと、ナイフみたいに」

ううむ、と江藤教授は顎に手を当てて考え込んだ。

「たしかに、この狭い場所でわざわざ矢を射ることに意味はない。ならば、相良くんが言うように、矢をナイフのように手で持って、突き立てた。その可能性は高い」

美富士刑事は鑑識とともに、犯人と被害者の二人がいたとして、その位置関係を特定しようとした。

「頭が左の、通路側を向く形で倒れていたので……通路を背にして立っていたとして……ご遺体に矢が刺さっている角度を正確に割り出さないといけませんが、だいたい」

心臓のやや上から、斜め下に向かって矢は突き立っていた、と鑑識は言った。

「遺体は司法解剖することになると思いますが、私が先ほど見たところでも、心臓を斜め上から一突きです。弓を引いて射ったのではないとすれば、やはり……」

美富士はそう言って老教授を観た。

「被害者を矢で刺したであろうその人物を、先生は目撃してないんですよね？」

「ですから、先ほども申し上げたとおり、見ておりません」

「あの」

　そこで、近くにやってきていたアーチェリー部の女子部員の一人が発言を求めて手をあげた。

「はい、あなた」

　つい授業での癖が出て、僕は彼女を指名した。

「あの、滝田さんですが……射場にいた時、スマホが鳴って、誰かと話をして、通話を切ってから的の方に歩いて行ったんです。その時は特に気にしてなかったので、的の裏側を見に行くとかはしなかったんですけど」

「ううむ……」

　美富士は首を捻（ひね）った。

「今の証言が正しければ、滝田は誰かに呼ばれて的の裏の方に歩いていった、という風に解釈するしかないが……」

　彼は、傍らにいる他の刑事と小声でやり取りをした。

「お忙しいところ恐縮ですが、ここにいる皆さんに詳しいお話を伺いたい。ここでというのもアレなので、恐縮ですが署まで来ていただいて……」

　そう言いかけた美富士刑事は、一同を見渡して言葉を切った。なんせ、図書館から流れてきた僕たち……コートニー理事長もいるし、アーチェリー部の面々もいる。

「パトカーに乗せて貰えるんですか？」
コートニー理事長が無邪気に訊いた。

結局、警察車両で全員を警察署に連れて行くには人数が多すぎることが判った。明らかに関係がない近所の住人・早瀬さんや図書館にいたコートニー、田淵前理事長などは後日話を聞くとして、残った面々は大学の事務棟にある会議室を幾つか借りて、並行して事情聴取されることになった。

僕は現場ではなく図書館にいたし、後日組でもいいはずなのだが……なぜか江藤教授と共に事務棟の廊下の椅子に並んで座り、事情聴取の順番を待つことになった。

江藤教授が言った。

「『間尺に合わん仕事したのう』と言いたくなりませんか、この状況に。ほら、あの映画のラストで菅原文太と小林旭が嘆く場面ですよ」

聞き覚えだけはあるセリフだ。

「あの映画とおっしゃると？」

「言わずと知れた、『仁義なき戦い　頂上作戦』ですよ！　一九七四年一月十五日公開の深作欣二監督・笠原和夫脚本の東映京都撮影所作品。『仁義なき戦い』シリーズの第四弾」

老教授のその口調は熱い。シェイクスピアかサッカレーかチョーサーしか読まないと思っていた老教授が、東映の実録映画を見ているのか、と僕は江藤先生の顔をまじまじと見てしまった。

「いや、私は優れたモノはなんでも見るのです。実際に見てみないことには優れているかどうか判らないでしょう？　世の中には見てもいないのに優劣を判定する、超能力者みたいな人種が多数棲息（せいそく）しているようですけどね。私に言わせれば、そういう手合いはバ……いえ、知性に深刻な欠陥を抱えているとしか思えませんな」

実は僕も、その映画を見ていない。研究テーマが演劇だけに、各種名台詞には通じているだけなのだ。だがそんなことは言えない。

「私は小林旭が好きでしてね」

江藤先生はなおも熱く語りたいようだったが、僕が付いていけないので、話題を変えた。

「それはそうと、相良先生。先生はなぜ事情聴取が今日なんでしょう？」

「さあ。たぶん、グーテンベルク聖書の紛失騒ぎも含めて事情を訊かれるんだと思います」

江藤教授は頷いた。

「ここのところ、いろいろと不穏ですね。この学園も」

この件については……知ってることを洗いざらいお話しするしかないと思っています、と江藤教授は妙に改まった口調で僕に言った。

「以前、相良先生にお話しした、今の理事長のお兄さんの『事故』の件ですが、私はそのことも警察に話すつもりです」

コートニーの兄と言えば、この大学の創設者直系の孫に当たる人物だ。

「そう言えば、そのお孫さんは殺されたのだ、と江藤先生はおっしゃいましたよね。練習中の誤射で、アーチェリー部員が放った矢が、その人物に命中してしまった、と」

あれ、殺されたと言いましたっけ、私は、と江藤教授は苦笑いした。

「忘れていました。ともかく、現理事長のお兄さんである小豆沢義徳さんの、ここに命中して」

老教授は自分のこめかみに指を当てた。

「矢はいわゆるすっぽ抜けで、不幸な事故だった、たまたま義徳氏が矢が飛んでくるエリアにいた事が原因だったということになって、捜査は終了したんですよ。ただね、改革派のリーダーだった義徳氏が、田淵前理事長と対立していた事実、田淵氏の独裁を終わらせて次期理事長には義徳氏を、と推す声が大きかったことは無視されています。そして誤射した部員は、ショックのあまり引きこもってしまったにもかかわらず、なぜかその後本学の職員となって遇されているんです。これ以上判りやすい図式はない、そうは思われませんか、相良先生？」

　江藤教授は僕をじっと見据えた。

「しかし、証拠がないのです。誤射した部員は、ひたすら自分が悪かったと言うのみで、殺意があったとはとても思えない」

　そして、と老教授は続けた。

「誤射した元部員……新見潔くんと言いますが、今言ったように、彼はすべての罪を引っ被った形になり、ひどいショックを受けて、しばらくは入院していました。喋ることも出来なくなって、死んでしまうんじゃないかと思うほど痩せ細ってしまって。もちろんオリンピック代表も辞退し、大学も休学から中退ということになってね。今言ったようにあの事件以来、ずっと自宅に引きこもっています」

「あの……その新見さんの生活などはどうしてるんでしょう？　さっき先生は、職員になったとおっしゃいましたが」

「それは……大学内での不幸な事故ということで、前理事長の『特段の御配慮』として療養中から彼には見舞金を渡し、大学を中退したあとは職員として採用して、身分と収入を保証しているのです。それは前理事長派には『美談』として扱われて、前理事長の面倒見の良さ、度量の広さ、人情の篤さを物語るものだということになっていますが……」

しかしそれには裏の真相がある。その真相がなんなのか、君には判るだろう？ と老教授は口には出さず、僕に目で訴えた。

「でまあ、アーチェリー部顧問として、私も新見くんの事はとても気に掛けて、時々様子を訊いているし、会いに行くこともあります。最近は彼も会ってくれるようになったし、話も出来るまでに回復してきています」

興味ありますか？　と老教授は訊いた。

ここまで聞いて、興味がないと答えるのは好奇心・探究心がゼロの人間だろう。そんな人間に学問をする資格はない。

「もちろんです。もし会えるようなら、その新見さんに是非、お目にかかりたいのですが」

判りましたと応じた江藤教授は、メモを走り書きして渡してくれた。住所だ。

「最近は彼の精神状態も大分いいようだし、ヒマでしょうから、あなたがいきなり行ったとしても会ってくれるはずです。文句を言うようなら私の名前を出してください」

教授がそう言った時、事情聴取の順番が来て、僕たちは別の会議室に呼び込まれた。

僕の担当は美富士刑事だったので、「なんだ君か。図書館からアーチェリー場までずっと一緒にいたわけだから、君はもういい」とあっさり放免になってしまった。じゃあどうして呼ばれたんだ？　と思ったが、いやいやぜひ事情聴取を、と頼み込むのもおかしな話なので黙って引き下がることにした。

しかし、細かな事情について知っている江藤教授は違う。洗いざらい話すと言っていたから、いつまでかかるか判らない。

僕は、新見潔の自宅に行ってみることにした。

教授のメモによれば、住所は大学から歩いて十分もかからないところだ。長い坂道を降りきって、駅に向かう途中にある小ぎれいなコーポだった。

僕も似たようなところに住んでいるので、だいたいの間取りも判る。この物件は若い独身者用のものだ。

てっきり親と一緒に暮らしている、つまり実家に住んでいるとばかり思っていたので意外だった。病気療養中なら一人暮らしは不便ではないか……。

「新見」のネームプレートが出ている部屋のドアフォンを押すと、ざーっと言うノイズが聞こえてきたので名を名乗り、江藤教授からの……と言いかけるとぷつっと切られてしまった。

ドアフォンのボタンをまた押してみたが、室内でピンポン音が鳴っているのは判るのに、一切反応がなくなってしまった。

江藤先生はすぐ話に応じてくれそうな事を言っていたが、全然違うじゃないか……というぐらいのことは、僕でも予期はしていた。辛い経験で精神を病んだ人が初対面の人間とそうそう容易(たやす)く会ってくれるとは思えない。

ドア外でしばらく佇んでいたが、立っているだけではナニも始まらない、と腹を括(くく)った。

僕はドアを小さくノックしてドアの郵便受けのフラップを押し、隙間から話しかけてみた。

「新見さん。ぼくは江藤先生からのご紹介で来た、啓陽大学で教えている相良と言います。少しだけでもお話を伺いたいのです。新見さん。ねえ新見さん！」

応答の無いまま、しばらく粘った。しかし……隣の住民が僕をじろじろ見て通り過ぎた。そりゃそうだろう。ドアに向かってしつこく名前を呼んで「お話がしたい」と言ってるのは闇金の取り立てにしか見えないだろう。それはそれで新見さんにあらぬ疑いがかかって迷惑になってしまう……。

「ねえ新見さん。このままだと、かえって御迷惑をかけることになると思うんです。ちょっとだけでいいので、どうかお話を」

郵便受けに向かって叫び続けていると、突然ドアが開いた。おでこをぶつけそうになった僕の目の前に、とても細身の、神経質そうな男が立っていた。ノーネクタイにワイシャツに綿パン。ヒゲも剃っていて髪も整っている。

「江藤先生から、ということですね？」

どうぞ、と僕は迎え入れられた。

「ご用件は？」

ぶっきらぼうだ。でもそれも仕方がない。

「あの、お話ししにくいことだと思いますが……回りくどく伺っても仕方がありません。単刀直入にお訊きしたいのですが、五年前の、例の件について……」

「ヒマなので、ついつい掃除しちゃうんです。というか、掃除しかすることがなくて」

はぐらかすようなことを言った。たしかに1DKの室内はビシッと整理整頓され、掃除も行き届いている。換気も充分で、男の一人暮らし特有の饐えたような臭いもない。

僕は改めて名前と、啓陽大学の非常勤講師であることを名乗った。

「そうですか。私も一応、身分は職員です。休職扱いで、仕事は一切していないにもかかわらず、毎月のお金は貰ってるんですが……あのキャンパスに足を向けようとすると、震えてしまって……」

新見さんは僕の様子を窺いながら、言った。

「申し訳ないので、ここを去って、違うところに住んで仕事を探せばいいようにも思うんですが……」

新見は声は小さいが、ハッキリした調子で喋り、麦茶を出してくれた。

「……ご用件の察しはつきます。さっきニュースで流れていました。啓陽大学のオープンキャンパスで、職員がアーチェリー場で倒れて死んでいたって」

はい、と僕は頷いた。

「それで、あなた、相良先生も、五年前の事件を思い出した？」

はい、と僕は答えた。

「お話ししたくないことだと思いますし、すでに決着が付いたことでもある以上、今更ほじくり返すなと言われても仕方がないと思っていますが」

新見さんは視線をそらして、窓外を眺めている。そのままずっと窓外を見ているので、僕は落胆した。これは発言拒否ということか……と諦めかけた頃、「お話ししますよ」とようやく返事が返ってきた。

新見は自分も麦茶を飲むと、「どこから話しましょうか？」と言い、話し始めた。

「五年前も、学園祭でのエキシビションだったと思います。大勢のギャラリーがいて……私は当時、学生で、一番巧かった。だから、模範演技として射場に立ちました。弓を……弓には三種類あって、その時はコンパウンドという一番威力のあるものを……映画の『ランボー』でスタローンが射ってたやつです」

「はあ」

僕は『ランボー』も見ていないので、生返事をするしかなかった。

「射場に立った僕が弓を引いて狙いを定めて矢を放とうとした、その時」

新見さんは、そこで言い淀んだ。

「その時……」

次の言葉をなかなか口に出来ず、麦茶を呷るようにして飲んだ。そして、絞り出すように、言った。

「小さな子供がよちよちと、突然、アーチェリーの的の前に出て来たんです。これは、今まで誰にも言っていないことです」

「えっ？　そんな大事なことを、何故？」

驚いて訊いてしまった。

「それは……私が保身のあまり、見苦しい言い訳をしてると思われそうだったし、それでは心証を悪くするばかりだと思ったので……」

僕は、その意味がよく判らず、「そうですか」と軽い返事をしてしまったが、待てよと思った。射場と的の間に？　小さな子供が？　あり得るのか、そんなことが？

「子供が？　的と、そして射手であるあなたとの間に？」

新見さんは苦渋の表情を浮かべた。

「はい。普通は絶対に考えられないことです」

「なのに、どうして？」

彼は黙って頷いて、目を閉じた。そう先を急がせるな、と言っている。

「……その瞬間、あっと思ったけれど、その寸前に矢は放たれていたので……もうどうすることも出来ません。手を伸ばしても矢は摑めないし」

アーチェリーには全くの門外漢な僕にも、その情景は頭に浮かんだ。想定外の事態に為（な）す術（すべ）もなかったのだろう。

「それにコンパウンドという弓は強いので、それだけ矢の速度も速くて……その瞬間、私は思わず目を瞑（つぶ）ってしまって」

そうだろう、と僕も思った。

「目を開けたら、コーチだった義徳さんが飛び出していました。私が見たのは、義徳さんが、その子を抱き留めて、倒れるところでした。こめかみから少し後頭部に寄ったところに、矢が刺さっていました」

そこまで言うと、新見さんは黙ってしまった。

長い沈黙。その静寂は、恐ろしかった。

ついに耐えられなくなって、僕はおずおずとではあるが、口を開いた。

「つまり……その子を庇おうとした小豆沢義徳氏が飛び出して、矢を受けてしまった、ということですね？」

新見さんは頷いた。やはり黙っている。

「でも新見さん、どうしてそれを事故の時に言わなかったんですか？　こんなことは言いたくないですが立ち入り禁止の場所に入ってきた、その子供が一番悪いんじゃないですか」

いやいや、と新見さんは首を振った。

「子供に責任は問えません。危険なアーチェリー場への立ち入りを止められなかった大人が悪いのです」

彼はそう言って、僕を見た。かなり鋭い視線だった。

「そういうことです……だから、何を言っても言い訳になるので、今の今まで、ずっと、何も言えなかったんです」

新見さんはそう言って、俯き、目頭を押さえた。彼の心の傷はまだまだ癒えていない。

「その件……子供のことを封印していたので、それに連なる一切についても黙っているしかありませんでした。でも、今日の事故のニュースをテレビで見て……今日の事故で亡くなったという、あの人が」

「滝田さん？」

「ええ、滝田。五年前のあの時も、アーチェリー場には滝田がいたんですよ。相撲部の男がどうしてここにいるんだ？　って疑問に思ったのでよく覚えてるんです」

滝田がその年からアーチェリー部の担当職員になったことは、後で知らされた、と新見さんは言った。

「今も昔も、アーチェリーと相撲は大学の看板でお互い張り合っていますから、相手の縄張りには行かないという不文律があって……職員は別ですが」

今回の被害者・滝田が、五年前の事故の時にも現場に居た……。

これは単なる偶然なのか？

じわじわと、気味の悪いモノが心の中に込み上げてきた。

「それで……義徳さんが倒れて大騒ぎになって、義徳さんが助けた子供の姿もどこかに消えてしまったので、その事を口にするのは止めました。実際に矢を射たのが僕であることは、消せない事実ですから」

「でも……それを目撃した人は他にもいますよね？」

「いるはずですが、まったくその話が出ないということは……要するに『なかった事』にされているのだろうと思って、ますます僕から口には出来なくなりました」

当事者として、滅多なことは言えないというプレッシャーもあっただろう。ひどい誹謗中傷だってあったはずだ。何を言っても言い訳になる、と思ってしまった心理も判る。

でも、それではあんまり新見さんが気の毒だ。

「あの、他に、なにか思い出せることはありませんか？　この際、何でも話してください」

黙って頷いた新見さんの顔には、迷いが浮かんだ。

「もう一つあるんですけど……これを言うと、またアイツが妙なことをって言われそうで……」

「大丈夫です。僕は刑事ではないし、マスコミでもないし、江藤先生の友人というだけの、取るに足らない存在ですから……」

「でも、ＳＮＳには書き込めるでしょう？」

「私みたいな無名の人間が何を書いたって目に止まりませんよ。それに、この事は誰にも言いません。お約束します」

「だるまさんが転んだ！」

唐突に、新見さんが言った。

「は？」

「あ、いや、あの時、誰かがそう叫んだのが聞こえたんです。『だるまさんが転んだ！』って……女性の声でした。女性の声で」

「はあ……」

だるまさんが転んだ？　それはどういうことだ？

ますます訳が判らず、ぽかんとしている僕に新見さんが言う。

「考えてみたら……いや、考えなくても、大学が僕を職員にして、全然働いていないのにお給料をくれてるっていうのは、これ、口封じだよね」

そう言った新見さんの顔は少し意地悪になっていた。

その時、僕のスマホが振動した。ショートメッセージが届いたのだ。

失礼しますと断ってスマホを見ると、メッセージは江藤教授からだった。

『滝田に刺さった矢は、小豆沢義徳氏が生前使用していた矢だということが判明』

「えっ⁉」

ますます訳が判らない。

「どうしたんです？」

混乱する僕に新見さんが訊く。

僕は黙ってスマホの画面を見せた。

「そうですか……」

新見さんは絶句した。

「なんか、因縁話めいてきましたよね……」

僕が呟くと、新見さんは首を振った。

「そんな軽いものじゃないでしょう。義徳さんの矢を使ったって事は、ハッキリしたメッセージですよ。仇討ち……復讐ですよ、これは」

彼はそう言うと、震え始めた。

「私はハメられたと思っているけど、それでも、直接矢を射って、義徳さんを殺してしまったのは私ですからね……いずれ私も……」

そう言うと新見さんは顔を覆って激しく震え始めた。

「あの、大丈夫ですか……」

僕は自分の軽はずみな行為を後悔したが、もうどうしようもない。

「私もね、働かないでお金を貰っていますが、それもある意味当然という思いはありました。陥れられて、誰かに人生を台無しにされた埋め合わせ、という気持ちがあったんですが、もう、駄目です……」

どうか帰ってください、と言われて、僕はそれに従うしかなかった。いろんな「新事実」が一度に明らかにされて、僕はふらふらする感じで新見さんの部屋を後にした。

大学に戻って江藤先生に相談しようか、それとも自宅に帰って事実を反芻しようかと迷っていると、またスマホが振動した。

今度は田淵前理事長から直々の電話だった。

「おお、婿殿・相良くん。ヒマか？」

「は？」

思わず聞き返してしまった。誰が婿殿だ？

「今日はいろいろ大変だったろ。メシでも食わないか？」

これではますます「田淵派」に取り込まれてしまう。僕は逃げる口実を咄嗟に考えた。ここは先約があるとか言って逃げるしかない。

「あのそれが」と言いかけた瞬間「君は、ちゃんこは好きか？」と被せられてしまった。

「ちゃんこ？　あのお相撲さんが食べる、ちゃんこ鍋ですか？」

食べたことはない。両国界隈のみならず、あちこちに元力士がやっているちゃんこ料理屋があるのは知っているが、僕の給料では行けない。

「鍋に限らん。ちゃんこってのは、力士が食べるものならなんでも『ちゃんこ』になるんだ。昔はメシを腹一杯食わせるのが相撲部屋に誘う殺し文句だったから、部屋はちゃんこの美味さを競う部分もあってな」

「たしかに、ちゃんこ料理には揚げ物とかいろいろあるらしくて、美味しいらしいですね」

　僕は話を合わせた。

「じゃあ一度食べてみなさい。ウチは、女房がちゃんこ屋をやっていてね。今から食べに来なさい。今どこにいる？　大学の近くだろ？」

　とっさに嘘がつけず、ハイと答えてしまった。

「ウチのちゃんこ屋は錦糸町（きんしちょう）にあるんだ。一時間もあれば来れるだろ。待ってるよ！　婿殿！」

　一方的に言うと、前理事長は通話を切ってしまった。

　すっぽかすような非礼をすると、後が怖い。かといって電話をかけ直して「行きません」と断る度胸もない。

　ここは……顔を出した方が無難だし簡単だ。ハイハイ言って出されたものを食べてくれればいいだけだ。

　仕方なく、僕は錦糸町に向かった。

教わった住所に向かうと、銭湯というか歌舞伎座というか、日本家屋が近代的なビルと融合合体してしまったような建物があった。瓦屋根のひさし……のようなモノがビルから突き出ていて、赤い提灯（ちょうちん）が並んでいる。新宿末廣亭（しんじゅくすえひろてい）や上野鈴本（うえのすずもと）のような、演芸場にも似た造りだ。

入口には「ちゃんこ　たぶち」と染め抜かれた暖簾（のれん）がかかっている。学生に毛が生えたような僕には極めて入りにくい雰囲気だ。自腹なら間違いなく来る事はない。

しかし、呼ばれてしまったのだから仕方がない。

しばらく店の前で躊躇（ちゅうちょ）したが、息を吸い込んで、玄関をガラガラと開けた。

「いらっしゃいまし」

和装が似合う女将（おかみ）さんらしい女性が迎えてくれた。

店内はカウンターと小上がりが続き、奥には個室が並んでいる感じで、相当広い。

カウンターの中には板前さんが立って調理をしている。

「相良先生よね？」

これが田淵前理事長の奥さんか。

田淵氏とは相当歳（とし）が離れていそうだ。熟女だが、美人だ。ちょっとしたしぐさが色っぽくて、表情に艶がある。元芸者さんと言われたら「やっぱり！」と言ってしまいそうな華やいだ色香がある。きりりと帯を締めて品はいいが、上品ぶっているわけではない。声が優しいからだ。

「センセ、遠路はるばるどうも。奥で宅が待ってます。どうぞこちらへ」

学校関係者以外から先生と呼ばれるのは、生まれてから何度目だろう。なんだか妙にヘラヘラしてしまいながら、僕は女将の案内で奥の個室に向かった。

「あなた、相良先生がお見えですよ」

女将がそう言って個室の襖を開けると、そこには前理事長の広い背中があった。

「おお、相良くん。よく来たね。まあまあこっちへ」

振り返った前理事長は、どう考えても「上座」にあたる奥の席に僕を無理やり座らせた。

「まあまあ一献」

お銚子から僕の前にあるお猪口に燗酒を注ぐ。

「わが啓陽大学にホマレあれ！」

前理事長はそう言うとお猪口を僕のそれにチョンと当ててぐいと飲み干した。

「さあ、君も。秋田の生一本。美味い酒だよ」

そう言われたら飲むしかない。僕は日本酒は苦手なのだが、口に入れると……。

「美味しい！」

芳醇な香りとなんとも言えない果実酒のような甘さ、そしてキリッとした酸味が渾然一体となって口の中に広がった。

美味しいものを口に入れると、自然と笑顔になる。それを見た前理事長はポンポンと手を打って「頼むよ！」と声をかけた。

すると、次々にお造りや焼き物、天ぷらに冷しゃぶがテーブルを埋め尽くした。

そういや僕は、お昼にコートニーとキッチンカーで軽食を取ってからずっと、何も口に入れていない。

「若いんだから、妙な遠慮はするな。どんどん食べなさい」

お造りはマグロの中トロやイカ、ハマチといった普通のものだったが、焼き物はノドグロで、これが上品で脂がのって、なんとも美味しいし、天ぷらに至っては魚も野菜もサクサクのフワフワ。抹茶塩で食べる舞茸はもう絶品。

ここまで前理事長は用件を切り出しもせず、食え食えと言うばかり。僕としても、この状況はよろしくない、とは思うが、美味しさのあまり箸が止まらない。

前理事長も少しは摘まむが、もっぱらお酒が進んでいる。酌をしようとしたら「いいのいいの。手酌でやってるから」と断られた。

そして……メインの鍋が来た。この店伝統の「ソップ味」のちゃんこ鍋。

女将が鍋のお汁に魚介類や鶏肉、野菜を入れながら僕に話しかけてきた。

「ねえセンセ、うちのこずゑとは、その後どうなってるの？」

「は？」

　頬張っていた春菊の天ぷらが喉に詰まった。

「あの子はとてもいい子だから……素直で天然で、育ちがいいから性格もいいんですよ。頭もいいし、啓陽じゃなくてもっといい大学に入れたのに、この人が」

　女将は田淵氏を悪戯っぽく睨んだ。

「そりゃそうだろう。しかし、こずゑはあんなに可愛いんだから、やはり心配じゃないか。今の大学生なんてロクなもんじゃないんだから」

　田淵氏はニコニコしてまたも杯を空けた。僕が慌てて注ごうとしたら「いいから。気を使いなさんな」とやっぱり断られてしまった。

「その点、啓陽なら私の目が行き届くから、妙な虫がつく心配はない。相良先生のような、こずゑにふさわしい方もいるし」

「いやいや前理事長。何か誤解をしてらっしゃいます。僕と彼女との間にはまったく何にもないんです！　教師と学生というだけの関係なんですから」

「あなたね」

　女将が鍋の用意をしている箸の手を止めて、僕を見据えた。

「こずゑとはちゃんと付き合いなさい。悪いようにはしないから。ね！」

「いえ、しかし、それは」

「こずゑは、料理が巧いぞ。女将の手ほどきで今やその辺の料理人より巧い」

田淵氏はそう言って、ニンマリした。

「胃袋を掴むのは大切だからな。コートニーのキッチンカーにはしてやられた」

今日のオープンキャンパスの事を言っているのだ。

「私からもお願いする。こずゑと、一緒になる前提で付き合ってくれ。な？　そうすれば君、私は今でこそ理事長ではないが、まあ、それは名目上のことで、実際は……」

田淵氏は赤くなった顔をいっそう紅潮させてガハハハと豪傑笑いをした。

「この前も言ったが、君だって不安定な非常勤講師から専任講師になれば、准教授から教授、そして学部長や学長だって夢じゃないんだぞ。ん？　わしの後を継いで理事長でもいい」

「いやいやいや……」

彼ら夫婦は、こずゑと結婚すれば君の将来は安泰だ、と政略結婚を押しつけてくる。ここはどう切り抜けようか。僕は必死で考えた。

「あの、それだとまるで、財前五郎みたいじゃないですか」

「ん？　財前五郎って、『白い巨塔』のか？」

「相良センセ、お言葉ですけどあの財前の奥さんは、大阪のお金持ちの産婦人科病院の娘さんでしょ？　こずゑとは違いますわ」

「そう。カネの力で、札束で君の頬を叩くような下品な真似はせんよ。いやしくも私は、つい先日まで理事長だった男だよ」

「はい……それはまったくごもっともで……」

僕はしどろもどろになりつつも、なんとかこの件はハッキリ断っておかねば、と焦った。テキはポストで釣りに来ているのだ。

そもそも田淵氏は信用できない。今日、職員の滝田が殺害され、田淵氏もその現場は見ているのだ。「小豆沢義徳の矢が凶器」だった事も耳に入っているだろうに、その話がまったく出ないというのは不自然ではないか。

……とは思ったのだが、美味しいので僕としてはハイペースで飲んでしまった日本酒が、ここに来て効いてきた。

いかん、いかんぞ！　酔っ払った勢いで、変な約束をさせられてしまうかもしれない！

「あ、すみません。ちょっとお手洗いに」

冷水で顔を洗って酔いを醒まそう……。

手洗いでピチャピチャと顔を洗い、尻ポケットからハンカチを出そうとしたら、すぐ横に女将がおしぼりを持って立っていた。

「あ……恐縮です。すみません」

僕がおしぼりで顔を拭いているのを見ながら、女将が言った。

「ねえ相良センセ。センセに是非、お渡ししたいものがあるの」

トイレを出ると、仲居さんが平たくて大きい紙箱を持って待っていた。

「これ、そこのお部屋で着てみてくれる？　ウチの宅からセンセにプレゼントよ」

その箱には、テーラーなんとかと筆記体のロゴらしいモノが書かれている。

「いえ、僕は、こんな……」

「袖を通すだけでいいのよ。ね。宅に恥をかかせないで頂戴」

有無を言わせぬ調子で命じられた僕は、女将に促されるまま、トイレの近くの座敷に入って、箱を開けた。

案の定、その中には濃紺のスーツにワイシャツに革製のベルト、上品なストライプのネクタイに、濃紺の靴下まで入っていた。

「あの、やっぱりこれ、困りますぅ」

襖の向こうにいるはずの女将に言ったが、返事がない。

襖を開けてみると、女将の姿はなかった。

どうしてもこのスーツを着ろということか。

仕方がない。

着ているTシャツの上からワイシャツを着た。袖の長さはピッタリだし、首回りも肩もジャストフィット。このワイシャツもオーダーなのだ。しかし、僕のサイズをいつ測ったのだろう？　採寸された記憶はまったくない。

ズボンのウエストや丈もピッタリで、ジャケットも完全にフィットして、驚くほど着心地がいい。オーダーメードのスーツって、こんなにも着心地がいいのか……。

いやいや、いつどこで僕を採寸したんだ？　それを考えると、空恐ろしい。寝ている間に忍び込まれて、すべてのサイズを測られたのだろうか？

ここまで来たら、きっちりネクタイもしよう。ちゃんと着たところを見せれば田淵氏も満足だろう。まるで初孫の七五三みたいで、千歳飴（ちとせあめ）が入っていないのが不思議なくらいだが。

スーツを着たのはこの前の大学の入学式以来だ。入学式と卒業式の時だけしか着ないからスーツは一着しか持っていないし、それも吊（つる）しの安物だ。微妙にサイズが合っていないので着心地もよくない。しかし……このスーツは、なんと着心地がいいのだろう。

慣れない手つきでネクタイを締めて、僕は元の部屋に戻った。

「大変遅くなりました……」

と言いつつ襖を開けると、田淵氏と女将が待ち構えていた。

「おお、よく似合うじゃないか！」

「ほんと、ピッタリよ！」

「青年実業家というか若き博士だな。ノーベル賞の授賞式に出ても恥ずかしくないな！」

二人は口を極めて僕を褒め称えた。自分の外見をここまで褒めちぎられたのは生まれて初めてだ。

「判るかな？　一流のテーラーで仕立てると、ズボンの裾にちょっと錘が入ってるんだ。それによって皺が寄らず、スッと伸びて脚が長く見える。アソータローと同じだよ」

女将はどこからか持ってきた、赤い薔薇の花を、僕のスーツの襟に差し入れた。

「カッコいいわ！　『薔薇のスタビスキー』って映画、昔あったわよね？　こうすると主演の俳優さんに、センセそっくりよ！」

女将はうっとりとした表情で僕を見た。

「ところで、あなた、こずゑという存在がありながら、あの小娘と親しいそうね？」

「コートニーのことだ」

と田淵氏が言い添えた。

「この格好ならまったくなんの遜色もないわ。あなた、あの小娘に積極的に近づいて、あの女の弱味を握りなさい！」

「ええと、こずゑさんとは？」

「こずゑは本命。あなたは、あの女のスパイをするのよ！　それくらいおやんなさい」

女将は下町のおばさん風の雰囲気のまま、マクベス夫人のようなヤバい空気を放ち始めている。

「相良くん。私はちょっと失礼するよ。隣の部屋に私に会いたいと言ってうるさい連中が控えてるんだ。ちょっとここで一人でやっててくれ」

田淵氏はそう言うと、隣の個室との間の襖を開けた。

そこには、この前の理事会で顔を見た記憶のある老人が三人、座っていた。

三人が三人とも、僕が着ているのと同じようなスーツに身を包んでいる。

「いやあ、どうもどうもお待たせした」

田淵氏はそう言って隣に移り、女将は僕を見て「判ったわね？」というように小さく頷くと、自分も隣の個室に入って、襖をピシャッと閉めた。

「おい君、相良クン。勝手に帰るなよ！」

襖越しに田淵氏が僕に怒鳴った。

こうなると、帰るに帰れない。

鍋はぐつぐつと煮込まれて、良い香りを放っている。

仕方がない。

僕はちゃんこ鍋をつつきながら、さっき名前が出た『薔薇のスタビスキー』をスマホで調べてみると……ジャン＝ポール・ベルモンド主演の有名な詐欺師の映画だと判った。

まあコートニーのスパイをしろということなら、詐欺師と言われても同じようなものか……。

ちゃんこ鍋は塩スープがベースであっさりしてコクがある。海老やホタテなどの魚介類に鶏肉はもちろんのこと、そのスープで煮込まれた野菜がとりわけ美味しい。スープを吸い込んだ焼麩も絶品だ。

こっちは一人で、音がするのは鍋のぐつぐつ音だけ。

自然と隣の話し声が聞こえてしまう。

「あんないかれポンチの小娘」

いつの時代の言葉か？　と笑ってしまいそうなことを三人の誰かが口走った。

「あんな小娘、創立者の孫でさえなければ、なんとでもしてやりますのに」

「そうですよ。我々は理事長の恩に報いるために……」

「まあまあ。私はもう理事長じゃないんですよ」

田淵氏の声は笑っている。

「しかしあの小娘は意外に食わせ者だよ。もう私の言うことを聞かないんだから」

その声には不安が混じっている。

「いやいや、それは理事長がお優しいからです。ここぞと言う時にガツンとやってやれば黙りますって」

と誰かが言い、もう一人も、「そうですよ。もう一人の孫だって五年前に首尾よく……だったんですから」と穏やかならぬことを言う。

「まあだから、アレですよね。今日のことだって、かならずや良い方向に」

「しかし今日のことは、五年前のあれとは関係ないでしょう」

「いやいや、関係はあるかもしれんぞ」

田淵氏が言った。

「滝田が殺られたんだ。良い方向に向かうどころか、五年前の復讐かもしれん」

いやいやまさか、と他の三人は無理に笑って、不安を紛らわす様子だ。

「理事長、それは考えすぎでしょう」

「たしかに、犯行に使われた矢が義徳氏の……いや、まさかそんな筈は……きっと誰かが面白がって煽っているだけかと」

「これこれ、言葉を慎みなさい」

三人がめいめい田淵氏をヨイショして、当の田淵氏はそれを満足そうに聞いているのだろう。

「まあしかしアレです。あの小娘が盛り上げようとしたオープンキャンパスも、あの事件があって冷水を浴びせられて即刻中止になりましたし……あの小娘の思惑通りには行きませんよ」

「そうです。学内は必ずや混乱します。その時、我が理事長が敢然と出ていくのです！」

そうだ！　その通り！　と三人が声を合わせて賛意を示した。

「まあまあ、そう言っていただけるのは嬉しいが……」

配下の心をくすぐる田淵氏に手下が言った。

「今のままでは学生数が減って、私学はバタバタ倒れると言われていました。世の中不景気で所得も減るし非正規雇用ばかりが増えて生活も不安定で、奨学金という借金に頼る進学に不安を感じる層も増えるでしょう。そうなると、ウチのような大学には学生が来なくなる恐れがありました。それを見越して対策を立てていた理事長の先見の明を、改革派は理解出来んのです」

「そうです！　文科省から出る補助金を元手にゼネコンにタワーを建てさせれば、万一、大学が立ちゆかなくなっても、不動産収入で我々は安泰です！」

「そうです！　綺麗事ばかり言って、学校法人が倒れてしまったら元も子もないというのに！」

「ここは、理事長の冷徹な現実主義こそ必要なのです！」

「まあまあまあ」

田淵氏の声も満足さを隠し切れない。

しかし……僕は聞いてはいけないことを聞いてしまった。いやこれは、僕にワザと聞かせて、完全に僕を取り込んでスパイとして便利に使おうとしてるのに違いない……。

困った。僕はどうすればいいのだ？

コソコソ逃げ出しても解決にはならない。

考えた末に、僕は「泥酔」することにした。姑息な手段ではあるが、お酒をガバガバ浴びるように飲んで、酔っ払って寝てしまおう。残念だがそれしか思いつかない。

そうした。

うっすらした記憶では、本当に酔っ払って寝込んでしまった僕を発見した女将が、僕をタクシーに乗せてお金を先払いしたようだ。

気がつくと僕は、貰った高級スーツを着たまま、自室の玄関で爆睡していた。

*

それから数日が過ぎ、僕が顧問を務める演劇サークルでは『ハムレット』公演の稽古が始まった。

演出はコリンで、僕はハブられて、というか、稽古に行ってもやる事がない。僕の役目がないのだ。コリンの演出プランにあれこれ口を出すのも演出家に対する越権行為になるし、どうしても譲れない線が出てくるまで、ひたすら我慢して見守ることにした。

ところが。僕の我慢を無意味にする事態が展開し始めたのだ。

あのお嬢さま理事長、巻き髪悪役令嬢コートニーが、なぜか連日、稽古場に現れるのだ。

毎日顔を出して熱心に見学、いや、見学にとどまらず、演出のコリンと始終ひそひそ話をしている。明らかに指示まで出している。顧問の僕を差し措いて、部外者である理事長が直々にコリンに演出を指示しているとしたら、僕の立場というものがないではないか！　そもそも理事長はシェイクスピアについてロクに知らないし、演劇にもシロウトだ。

そんなことばかり考えて少々、いや、かなり不貞腐れていた僕に、コートニー理事長がツカツカと寄ってきた。

「ねえちょっと、あたし知ってるんだけど？」

「何をですか？」

「あなたが田淵から高級スーツを貰ったこと」

「いやいやいや、あれは」

僕は慌てて弁明しようとしたが、コートニーは言った。

「あのスーツって、つまり田淵の家臣になったってシルシでしょ？　軍門に降るというか、家来になるっていうか」

ハムレットのせいか、はたまた大河ドラマの見過ぎなのか、時代がかったことを言う。拝領の陣羽織ならぬスーツか？

「ポストをチラつかされて眼が眩んだの？」

「いやいやいや、そんなことはない！　江藤先生に言われて新見さんに話を聞きにいった帰りに電話がかかってきて、すぐに錦糸町に来いと言われて……」

「その時、どうして断らなかったわけ？」

そう言われると、うまく説明できない。一介の非常勤講師に過ぎない僕が理事会に送り込まれた経緯とかもあるし……そもそも断ろうとしたら電話を切られてしまったのだ。

「ま、あなたはあなたでいろんなシガラミってものがあるんでしょ？　それは別に日本特有のものでもないしね。その代わり」

勝手に決めつけたうえで、コートニーまでが「ある任務」を僕に押しつけてきた。

「あのね、亡くなった滝田のお葬式が昨日あって、今日はちょっと落ち着いてるはずなの。だからあなた、滝田の家に行って、奥さんに話を聞いてきなさい」

「何を聞くんです？　それは僕じゃなくても……」

と言いかけたが、睨みつけるコートニーの大きな目が怖かった。

「逆らう気？　やっぱり田淵の家来になったの？　いい？　私がこれから言うことは、絶対に訊いてくるのよ！」

ということで、僕は、亡くなった滝田啓介氏のお宅に弔問に訪れた。

滝田の自宅は、やはり大学の近くにあるマンションだった。そこそこお洒落な、高級感が少し漂うマンションだ。

ドアフォンに向かって来意を告げると、すぐに扉が開いて、おそらく奥さんであろう女性が迎え入れてくれた。

　お骨に向かって手を合わせてお線香を上げて、僕は奥さんに向き合った。

「あの、亡くなった滝田さんには生前、大変よくしていただいて……」

と、嘘をついた。実際には旧理事長の威を借る相撲部出身の滝田には、いろいろバカにされたり嫌味を言われたりしてきたのだ。

　未亡人が心配そうに訊く。

「あの……主人が亡くなったので、このマンションも出なくてはならないんでしょうか？」

　ここは大学の借り上げで、格安の家賃で住まわせてもらっていたのだと未亡人は言った。

　まだ若い彼女は、青白い顔で、不安に押し潰されそうになっているのが判る。

「主人がアーチェリー部の行事のお手伝いをするのは今回が初めてではなかったんです。なのに、どうして、と思い始めると眠れなくなって……」

　お察しいたします、と僕は応じた。

「で、あのう……こういう事を今、伺うべきかどうか、いささか躊躇するのですが……」

　と前置きをして、僕は思いきって、訊ねた。

「ご主人の命を奪った凶器はアーチェリーの矢で、それは亡くなった小豆沢義徳氏が使っていた物だったそうですが……それについて、なにか思い当たる事って、ありますか？」

その瞬間、奥さんの顔色が変わった。

「えっ……それじゃやっぱり……いいえ、なんでもありません」

言葉を飲み込む彼女に僕は重ねて訊いた。

「小豆沢義徳氏といえば、どうしても五年前の……あの事故が思い出されてしまうのですが……あの時、奥さんもその場にいらしたんじゃないですか？」

「あの時、って？」

「ですから……五年前の事故の時です」

「あの事故は、ウチの主人には何の関係もない……関係はないはずですが……」

「ええ。僕もそう思いますが、一応……。聞くところによれば、小豆沢義徳氏が亡くなる直前、『だるまさんが転んだ！』と叫ぶ女性の声を聴いたという証言があるのですが、奥さんもその声を聞いていませんか？　それを確かめたくて」

奥さんの顔色がさらに悪くなった。

「いいえ……私、全然、記憶にありません」

その時。リビングと隣室を隔てる襖がガラリと開いた。話を聞いていたらしい男の子がせき込むように喋り始めた。

「あの時ね、ぼくね、ママの『だるまさんが転んだ！』で、とまったんだよ。ポケモンのフィギュアをくれるってパパが言って、あそこにあるから取っておいでって。パパが、ぺろぺろキャンディーみたいなぐるぐる模様の、丸いところの下にピカチュウが隠してあるよって教えてくれたから取りに行こうとしたんだけど、だるまさんが転んだ！　が聞こえたからぼく、とまって。そうしたら知らないおじさんが倒れて、人がいっぱい集まってきて」

その子は夢中になって喋っている。なんだかこれまで口止めされていたことを一気に吐き出すような口調だった。

それを聞いた奥さんの顔色はいっそう青くなり、凍り付き、そしてボロボロと涙を零（こぼ）し始めた。

「申し訳ありません！」

そう言うと、嗚咽（おえつ）しながら号泣し始めた。

それを見て驚いたのは、僕以上に子供だった。

「ママ！　ごめん！　ごめんなさい！　絶対に言っちゃダメって言われてたのに……ごめんなさい！　だから泣かないで！」

そう言って我が子に抱きつかれた奥さんは、嗚咽を堪えて子供を抱きしめた。

それが精神安定剤のような作用をしたのか、奥さんはやがて落ち着きを取り戻した。

「すみません……取り乱してしまいました。どうしても……どうしても名乗り出ることができませんでした」

奥さんは、僕の眼を見て言った。

「うちの子のせいで、小豆沢さんが事故死したなんて……とても言えなくて」

「え？」

取り乱すのは僕の番になった。

「ちょちょ、ちょっと待ってください」

こういう時、タバコでも吸えれば落ち着くのだろう……僕は深呼吸して、なんとか気持ちを鎮め、奥さんの話を聞いた。

「……あの日、私とこの子もキャンパスにいました。夫は職員なのでアーチェリー部のイベントの手伝いに回るということで。午後になってアーチェリーのエキシビションが始まるので、練習場に行きました。オリンピック代表候補が矢を射る順番になった直前に、スタッフを務めている夫から、ちょっと飲み物を買ってこいと命じられたんです。何も今言わなくても、これが呼び物なのにって、私は不満でしたが……子供は自分が見ているから、いいから行けって無理やりな感じで命令されて……」

　彼女は男の子を抱きしめた。

「夫はこの子をあまり可愛がっていなかったし、目を離されそうで嫌だったんです。アーチェリーには殺傷力があるので……。でも夫はハンズフリーのヘッドフォンをつけてスタッフとして動いているので、その場を外せないと言って。それで、自販機でジュースを買って、大急ぎで戻ってみると……」

　彼女は言葉を切った。

　しばらく沈黙があって、奥さんは言葉を吐き出した。

「オリンピック代表候補の学生さんが弓を引き絞り、まさに射る直前でした。そこに、あろうことか、的に向かって、この子が、よちよちと駆け出して行ったんです！　パニックになった私は、咄嗟に『だるまさんが転んだ！』と叫んでいました。そうすればこの子が止まることを知っていたんです。助けなくては！　とそれしか考えられませんでした。その時は」

　彼女がぎゅっと我が子を抱きしめたので、子供は「痛いよう！」と叫んだ。

「この子は『だるまさんが転んだ！』が大好きで、それを言うとかならずぴたりと動きをとめたんです。でも……手遅れでした。アーチェリー部のコーチの、小豆沢義徳さんが向こうから駆け出してきて……あれは絶対、うちの子を助けるためだったんです。小豆沢さんがこの子を抱き抱えて自分のカラダで庇った次の瞬間……頭に矢が命中して……小豆沢さんが倒れました。恐ろしすぎて、私、何も考えられなくなって」

気がついたら、このマンションに戻って、我が子を抱いて呆然としていた、と。

「怖かったんです。この子を巻き込みたくなかったんです。この子から、その時の話を聞くのも怖くて……」

子供も幼いながら何かを悟ったのか、その日以来、ふっつりと事故のことを口にすることはなかった。今日までは……。

「でも、あれから私、主人のことが信じられなくなりました。それをきっかけに夫婦の仲も冷え切ってしまって……だって」

と、キッとなって彼女は僕を睨み付けるような顔になった。

「だって矢が射られたんですよ？　当たれば死ぬんですよ？　もともとアーチェリーは武器なんです。そんな危険なイベントで、どうして我が子から目を離すなんてことが、あの人にはできたんでしょう？　いえ、もしかしたら、ただ目を離しただけではなく……」

奥さんは口を噤んだ。でも僕には何が言いたいのかがはっきり判った。さっき、この家の子供が言ったことは、僕の記憶にしっかりと刻みつけられていた。

『パパが、ぺろぺろキャンディーみたいなぐるぐる模様の、丸いところの下にピカチュウが隠してあるよって教えてくれたから取りに行こうとしたんだけど』

奥さんが言葉にしなかった部分は、たぶん、自分の子供を「ある事」に利用しようとした、利用して危険に曝した、ということではないのか？

「だから、冷たいと思われるかもしれませんが、あの人が亡くなって、悼む気持ちはほとんど無いんです。子供のことだって、それほど可愛がってくれていたわけではないですし」

彼女はお骨の前に置いた遺影をチラッと見た。

「あの人はとにかく仕事が第一でした。理事長……辞めた前の理事長ですけど、その理事長が何よりも大事という人でした。立派な背広も、たくさん作ってもらっていました」

いろんな話を聞いて、僕の中ではある筋書きが浮かんだ。しかしそれは、あくまでも仮定の話でしかない。

証拠は、何もないのだ。

＊

こういう事は知りたくなかった。

僕が知り得たことはすべてコートニー理事長には話したが、返ってきた返事は「で？」だった。

「いやいや、で？　じゃないですよ。ここから先は理事長の仕事でしょ」

これ以上重大なコトを知って秘密を抱え込みたくない僕は、もうこの件にタッチしたくなかった。それに、顧問をしている演劇部が上演する『ハムレット』の稽古も始まっているから、そっちにも顔を出さねばならないし。

「けどさ、御用聞きみたいに聞いてきて、聞いたことをそのまんまあたしに伝えて終了って、それガキの使いってヤツじゃないの？　アナタには、自分ってものはないの？」

やっと用意された理事長室からキャンパスを睥睨しながら、コートニーは言い放った。

「なんですって？　そういうふうにボンクラ扱いするんですか！　僕はこれ以上ややこしい事に首を突っ込みたくないんです！　いいですか、僕は一介の非常勤講師なんですよ！　立場が弱いんですよ！」

「それは判ってる。でも手を引く前に、アナタの考えを聞かせてよ。この件、一体何がどうなってるのかって」

「聞いてどうするんですか？　証拠がないんだから仮説以上のナニモノでもないんですよ」

「だから気楽に言ってみて。ほら、おばさんとか噂話好きでしょ？」

「僕はおばさんじゃないし」

と言いながらも、ここまで知ってしまった以上、整理しておくのも悪くないと思い直した。

「ええと、この大学には元々対立がありました。キャンパスを利用して儲けたい田淵派とキャンパスの自然を守りたい派と。それで、あなたのお兄さんが守りたい派のリーダーに担がれたのが五年前。しかし、お兄さんは亡くなった。事故に見せかけて殺されたのです。結果、陥れられて矢を射った新見さんは精神が不安定になって引きこもった。事実上、田淵派は口封じに成功。そして今年。様々な悪事が露見して理事長を辞めざるを得なくなった田淵は、自分の傀儡として、新理事長を後任に据えた。無能な小娘のアナタを」

「無能って言ったな！」

コートニーの目が光った。

「そう思ってるのは田淵ですから。しかし無能でどうにでも出来ると思っていたアナタはそうではなかった。有能なのかどうか判らないけど、少なくとも言いなりにはならず、自分の傀儡には出来ないことが判った」

「田淵が判ったってことね」

コートニーは自分だけコーヒーを飲んだ。めげずに僕は続けた。

「しかしここにきて、五年前の復讐を思わせるような事件が起きた。そして複数の筋からの情報を照合した結果、今回殺された滝田氏こそがまさに五年前、あなたのお兄さんの事故死を仕組んだ張本人ではないかと」

「張本人？　仕組んだのは、別のヒトじゃないの？　滝田みたいな相撲部上がりが、そういう危険な事をして、どんなトクがある？」

「ええと、仕組んだんじゃなくて……より正確には、何者かに命じられて実行の手配をしたというか……滝田は自分の子供を危険に曝すことさえ厭わず、その何者かの命令に忠実に従った、と」

　その先は？　とコートニーは急かした。

「だから誰なのよ？　そのナニモノかは？」

「五年前の復讐をするとしたら……そうですねえ、たとえばお兄さんを殺されたアナタが仕組んでるんじゃないんですか？　陰で糸を引いているというか」

「兄の復讐？　あたしが？　兄妹と言っても、よく知らないのよね」

　コートニーは眉間にシワを寄せて考え込んだ。

「だから、あんまり復讐とか仇討ちとかって気持ちが判らないし。というか、今のあたしは、お爺ちゃんが作ったこの大学を、なんとかして残していきたいと思うだけだよ」

そういった彼女は、「でさ」とマホガニーのデスクに身を乗り出した。

「あなた、警察の美富士だっけ？　あの刑事と仲がいいんでしょ？」

特に仲がいいわけではないが、話しやすいのか、情報通だと思われているのか、時々電話がかかってきて根掘り葉掘り訊かれるのは事実だ。

「滝田が殺された件、警察はどう見てるの？」

「それが……美富士は、あれこれ訊くだけ訊いて、警察側が掴んだ事は全然教えてくれないんです。捜査上の秘密とか言って」

「ふ～ん」

コートニーはあからさまに使えないヤツ、という視線で僕を見た。

「とりあえず、このことは誰にも話さないで。もしかしたらそれが真相で、田淵とかに睨まれて、あなた、殺されちゃうかもよ」

あながち否定出来ないところが恐ろしい。人間、ある程度の金があって付き従う人間が出来ると、誰かれ構わず平伏させて支配したくなるのだろう。特に自分の手下だと思っていた者が逆らったと知れば「飼い犬に手を噛まれた」などと逆上して、本当に抹殺されてしまうかもしれない。

知り得たことについて、そして僕の推理について、他に思いつく人もいないから、江藤教授に話そうかと一度は思った。でもあの人は基本的に「面白がり」でしかないようにも思えてきた。うっかり話すと話のネタにされて消費されるだけなんじゃないか。あの人は基本的に真面目じゃないんじゃないか……。

そう思ったので話すのは思い留まったが、誰かに話したい！　というモヤモヤはずっと消えなかった。僕はスパイには絶対に向かない性格だ。とりあえず悪役令嬢にではあるが、話せてよかった。


とは言え学園の経営にかかわる陰謀など、所詮、僕には雲の上の話だ。そうそう気にしてはいられない。授業の傍ら、僕は演劇部の顧問として『ハムレット』の稽古に立ち会わなければならないのだ。

稽古は順調に進んでいるらしいが、僕はアーチェリー部の件でなんだかんだ時間を取られて、このところ顔を出せていなかった。

稽古も本公演も、本学の誇りである古い芝居小屋、「啓陽座」で行われる。

しかしこの「啓陽座」は、前理事長が計画したキャンパス再開発計画で解体されてしまう危機に直面しているのだ。

この芝居小屋は学外の人も見学できることになっている。解体の話が持ち上がってからは、ここを大切に思って解体に反対する人たちが学内・学外から集まっている。

「みなさん！　この『啓陽座』は貴重な建築遺産です。国の文化財に指定されても良い建物なのに、それを大学の都合で解体してはいけないのです！」

演出を担当するコリンが、芝居小屋の外に集まった人たちに今日も呼びかけている。

「このままでは、これが『啓陽座』解体前の最後の公演ということになるかもしれません！　そのためにも是非、『ハムレット』を見に来てください！」

と、ちゃっかり公演の宣伝もしている。

美形のコリンがよく通る美声で演説していると、観衆には次第に感嘆のざわめきが広がり、ついには拍手とやんやの歓声が上がった。コリンは天性のアジテイターだ。それは表現者としては必須の資質かもしれないが……。

そこに、「やめろやめろ！」と言いながら田淵氏が現れた。この登場の仕方は吉本新喜劇で唐突に登場するヤクザみたいで、僕は思わず吹き出しそうになったが、田淵氏とそれに続く手下三名はあくまでマジだ。その三名が、このまえ田淵氏のちゃんこ屋で見た、あの三人だったので、僕は判りやすさのあまり目眩がしそうになった。

「演説中止！　学内で政治活動をしてはならん！　解散しろ！」

「政治活動じゃありません！　本学の誇りである建物を守ろうと言っているだけです！」

コリンは負けてはいない。

「黙れ黙れ！　大学経営のことをまったく考えていない若造は黙れ！　こんな古臭い芝居小屋は断捨離の対象なんだよ！　古いモノが大事、などと言っているうちに、学内はガラクタだらけになってしまうぞ！」

手下たちも田淵派を示す例の濃紺のスーツを着て、口々に「そうだそうだ」と声を張りあげている。

が、コリンはまるで動じない。突然、よく透る声音で朗誦（ろうしょう）を開始した。

「……如何に賤しい乞食でも、その取るに足らぬ持物の中に、何か余計な物を持っている。自然が必要とする以外の物を禁じてみるがよい、人間の暮しは畜生同然のみじめなものとなろう」

これは引用だ。僕はすぐに気がついた。

恩知らずの娘たちから従者の数を減らせ！　と心ない言葉を浴びせられた父親が嘆くセリフだ。コリンはシェイクスピアのセリフを朗々と語ることによって反論したのだ。

だが田淵氏たちは目をテンにして「はぁ？」と首を傾げるばかりだ。三人の手下の中の一人が声を上げた。

「うるさい！　何を訳の判らんことをごちゃごちゃ言っているんだ？　これはビジネスなんだぞ！」

罵倒する人物の顔を見て思い出した。あの男は「実践的企業コンサルタント運営」の授業を持っている元ビジネスマンの小山教授だ。

「小山先生！　これはかのシェイクスピアの有名な戯曲の一節です。もしや、御存知ないのでしょうか？　たしか、先生はイギリスに留学されていた筈ですが？」

思わず僕は突っ込んでしまった。

僕が教えた三年生や四年生からも援護の声が上がった。

「マジ？　教授のくせに『リア王』も知らないとか、ありえなくない？」

「ロンドン・スクール・オブ・エコノミクス修了とか言ってるけど、似たような名前の語学学校じゃね？」

コリンの教養に恐れ入ったのか、はたまた自分たちの無教養を恥じたものか、田淵氏たちは黙ってしまった。

「じゃ、僕は稽古があるので」

と、コリンは芝居小屋の中に入ってゆく。

僕も彼について中に入った。

少し顔を出さなかった間に、稽古はかなり進展しているように見えた。何もなかった舞台には書き割りの背景が置かれて、簡単な小道具も用意されている。

コリンの手になる『ハムレット』の新演出はどういうことになっているのだろうか？　怖いもの見たさが半分だが興味が湧いた。新解釈を交えて好きにやらせて貰うと言われて、僕は手を引いたのだが、さっきのセリフの正確な引用を聞いて、コリンは意外に原典を尊重して読み込んでいると判ったからだ。

が。客席には、今日も「巻き髪お嬢さま」ことコートニー理事長が座っていた。

「ええと、みんな集まって」

ステージに立ったコリンは出演者やスタッフを集めて「ぼくの考えた最強の新演出」について説明を始めた。

コートニーはそれを熱心に聞いている。

僕は、近くにいた演劇部員に「悪役令嬢、……じゃなかった、新理事長はよく来るの？」と訊いてみた。

「ええ。毎日来てますし、いろいろ意見も出してますよ。演出家が二人いるみたい。というより、理事長はプロデューサーですね。言うなれば」

この場合、プロデューサーに当たるのは顧問である僕の筈では？　いや……演劇部の予算は大学が出しているから、その元締めとして理事長が出てくるのは仕方がないのか。やはり我慢するしかないようだ。

『ハムレット』はひとことで言って復讐、あるいは仇討ちの物語だ。デンマークの王子ハムレットが、父王を毒殺して王位に就き、母を妃とした叔父に復讐を遂げるまでのお話。

王子ハムレットは父である先王の急死にショックを受けるが、その直後に母親である王妃ガートルードが父の弟クローディアスと再婚、叔父が王位に就いたと知り、さらに混乱し、悩む。

その裏には陰謀があって、父の死は叔父による毒殺だったことを父の亡霊から聞く。

復讐を誓ったハムレットは狂気を装うが、それがまた悲劇を呼んで、愛するオフィーリアとその父を死なせることになり、新たな復讐劇を引き起こすが、結局はデンマーク王室の関係者はほぼ全員が死んでしまい、ハムレットも事の顚末（てんまつ）を語り伝えてくれと親友ホレイショーに言い残してこの世を去る……。

結末だけを見れば救いのない話なのだが、まさに巻措く能（あた）わざる怒濤（どとう）の展開と、素晴らしいセリフの数々により、多くの観客を惹きつけ、古典として生き残ってきた。

だが。

裏方の演劇部員が持っている分厚い「上演台本」を見ると、夥しい差し込み、つまり追加台本が書き加えられている。

「ごめん、ちょっとそれ見せてくれる？　ずいぶん直しが出てるんだね」

不安に思いつつ、その変更部分の一部に目を通した僕は、文字通り顎ががくんと外れ、膝まで落ちてしまうほどに驚いた。

僕が知らない間に、オフィーリアは死なず、ハムレットとの間に子供を作っている設定になっているではないか！

舞台上でもコリンが全員に訊いている。

「というわけで、急遽、子役が必要になりました。よちよち歩きの、幼稚園入園前くらいのお子さんです。誰か心当たりがありますか」

すると、ステージに集まった中の一人が手をあげた。

「任せてください。僕の親戚の子供を連れてきますんで」

と言ったのは、驚いたことにアーチェリー部のキャプテン・三沢くんだった。

どうして彼がここにいるのだ？

呆然としている僕にそこでコリンが気がつき、「顧問の相良先生！」と呼びかけてきた。

「説明を怠っていてすみません。アーチェリー部の三沢さんには、劇中劇の重要な場面で大事な役割を果たしてもらう予定です。そしてその役は、どうしても彼でなくてはならないので、特にお願いしました」

「光栄です」

がっしりした体格でスポーツ刈りの三沢くんが言った。顔を輝かせている。

「僕はコリンの大ファンなんです。シェイクスピアのことは全然判らないんですけど、喜んでやらせていただきます！」

全然状況が見えない。僕は訊いた。

「劇中劇の重要な場面って？」

「ハムレットの父親である先王ハムレット殺害を、旅回りの役者たちが再現する場面です」

コリンは即答した。

「しかし……先王ハムレット殺害の再現ドラマである劇中劇と、アーチェリーにどんな関係が？」

そう訊いた僕にコリンは、「まあそれはおいおい判ります」と、はぐらかした。

「またなにか大きな変更をするんだな？　そんな話、聞いてないぞ！」

　これは……偉大なるシェイクスピアの戯曲を大きく変えることだし、冒瀆だ！　そう思った僕はもちろん抗議しようとした。だがステージ上のコリンは、更なる改変、更なる「新演出」について朗々と説明を続けている。それがさらに大きな、とんでもない原作の変更だったので、僕は言葉を失った。

「原作戯曲にはないけど、王妃ガートルードがハムレットを糾弾するセリフを追加します。そして、もう一点。ラストについても理事長からの提案があるそうです」

「そう。どちらもあたしの提案なの。よろしくね！」

と言い放ったのは、コートニーだった。演劇の素人でシェイクスピアの素人であるお嬢さま理事長が、気まぐれで口を出したというのか！

「何か問題でも？」

　コートニーは平然と僕を見据えた。

「センセイは前にハッキリ言ったのよ。『「ハムレット」は君の解釈で上演したら？』って。『その時の演出は君に任せるから、好きにやって』って」

「そんなこと、言ったっけ？」

「言いました！」

　コートニーはいっそうキツい目で僕を見据えた。

「だいたい『ハムレット』って、ヘンなのよ。父親と息子の名前が同じ『ハムレット』ってのもワケ判んないし。それに、どう考えてもウィリアム、つかビルが書いたオリジナルは、息子のハムレットが母親の再婚を非難するシーンがキモすぎるんだよね。だから、変えてほしいわけ。あたしはビルじゃないからそれっぽいセリフは書けないけど、内容としては……こんな感じでやってみて」

コートニー理事長は、口立てでガートルードの台詞の大筋をコリンに説明し始めた。

「あんた誰に向かって口利いてんの？　だいたいあたしが再婚しなかったらデンマーク、どうなったと思ってんのよ？　あたしがスピード再婚して国家主権を安定させたからノルウェーにも侵略されず、あんただって、のうのうと学問していられたんじゃんよ？　そもそもあんたがウジウジしてて、ぜ〜んぜん頼りになんないからこういうことになってるのに。それ考えたことある？　バッカじゃないの？　……とか、そんな感じでね」

こんなとんでもない改変……僕にとっては「改悪」以外の何ものでもないが、それをコリンはすんなりと受け入れてしまった。

「判りました。この件は前にも聞いていたので、その線でシェイクスピア風にアレンジした台詞を書いてきました。聞いてください」

コリンは突然、女の声色になって、セリフを朗々と口にし始めた。

「ハムレット、そなたは誰に向かって口をきいている？　この胎内で十月十日そなたを育み、我が腹を痛めて産んだそののちも、そなたをあらゆる禍から遠ざけて、いつくしみ育てたこの母にその暴言、許しませぬぞ！」

　ハムレット役の学生に指を突きつけ、激烈に反論するコリンは、ガートルードになりきっている。

「そも、そなたの父亡きあと、母が時を置かず新たな婚姻の褥に赴いた理由を何と心得る？　汚らわしい情欲のゆえとお思いか？」

　コリンの悲痛なセリフ回しは真に迫っていた。

「そうではない。すべてはこの国を統べ、隣国ノルウェーから護り抜いた王座を、無傷のままそなたに渡すため。それがわからぬか？　そなたの父亡きあと、わずかひと月、ひと月でこの母がそなたの叔父に心変わりした、とそなたはお言いだが、ノルウェーが軍備を整え我がデンマークに攻め入るには月が満ち、再び欠けるまでの時があれば十分であった。すばしこく油断のならぬ『時』、乙女のすべらかな額に皺を刻み、若者の豊かな巻き毛を木の葉のごとく散らす、あの無情な『時』と、この母は速さを競わねばならなかった。空位となった玉座に座る者は誰でもよく、母にはマーキュリーの踵の翼が、ただひたすら速さのみが望まれていた。なんと？　そなたが即位すればよかったと？　そなたにそれが出来たのですか？　ウィッテンベルクで学問三昧のそなたに？」

長ゼリフをものともせず完全に自分のモノにしているコリンの巧みな言い回し、格調高く、表現力豊かな身振り手振りに、自然に拍手が湧き起こった。

ハムレット役の役者が萎(しお)れた青菜のように頭を垂れて、申し訳ありませんでした母上、とガードルードに謝るのだが、それも当然だと思える迫力だ。

「いいよ、いいよコリン！　こういう感じでやってほしかったの！」

コートニー理事長はもう、手放しで絶賛だ。

「ガートルードの役はコリンで決まりだね！　あんたのキャラからするとオフィーリアだと思ってたけど、熟女役もいけるじゃん」

しかしコリンは頑(かたく)なに辞退した。

「いいえ、私は今回、舞台には立たずに演出に徹します。どうしても私自身が、この目で、客席の反応を見なければならないシーンがあるので」

「え〜残念。コリンより巧くやれる人、いるの？」

コートニーは全身でガッカリした様子を見せつけた。こういう仕種(しぐさ)は普通の日本人には出来ない。

客席の反応を見なければならない、とコリンが言った理由は、僕にはよく判らなかった。舞台に立つ役者なら、客席の反応が判るはずではないのか？

それでもカリスマ性のゆえか、コリンの意向に反対する者は誰も居なかった。

「そうなんだ。残念だけど、コリンがそこまで言うなら、仕方がないか」

それでもコートニーはご機嫌だ。あたしのイメージどおりに台本を改変してくれたし、とニコニコしている。

僕も、シェイクスピアを研究している者として原典を変えられたのは不満どころの話ではないが、コリンの演技を学生たち全員が絶賛しているこの状況では、言いたいことは呑み込むしかない。

なにしろ、今の大学で一番偉いのは授業料を払っている学生たちなのだから。

「それとあと一箇所。変えてほしいのはラストなんだよね〜」

コートニーは、まだ言った。

「デンマーク王家の関係者がほぼ全滅、そこにノルウェーの王子がやってきてデンマーク総取りじゃ、ハムレット何がしたかったの？　って話になるから、あたしも考えたんだ」

お嬢様はコリンに、ラストについても『ハムレット』の原作を改変しろ、と迫った。

「だからこうする。ハムレットが亡くなってフォーティンブラスがノルウェーから進駐してきたところで、ガートルードが生き返るの。鮮やかなドンデン返し！　観客どっと沸く！　満場騒然！」

「えええっ！」

今度こそ僕は声に出して驚いてしまった。

「いやいや、それはダメです！　原作レイプにもほどがある！　福田雄一が『三国志』をドタバタ映画にした以上に炎上します！」

立ち上がって猛然と抗議したが、コートニーは僕を完全に無視した。

「だって王位継承権は彼女にあるんだから、それで解決じゃん。んでもってフォーティンブラスを色香で迷わせて、ガートルードはデンマークの主権を握る」

彼女はここからすらすらと、大詰めの展開と、そこでノルウェーの王子が喋るべきセリフを口にしてみせた。

「フォーティンブラスがガートルードにプロポーズ。『美しい王妃さま、デンマークの王位継承権は、まこと先々代の一人娘であらせられる、あなた様のものです。私があなたの夫となれば、デンマークとノルウェーの両国が固く結ばれて平和になり、みんなが幸せになるでしょう』みたいな？」

「いやいやいやいやいや……」

あまりのことに僕の目の前は真っ暗になり、脳内は真っ白になり、全力で首を振り腕を振り回して抗議の意を示したのだが……なんということか、コリンはこともなげに同意してしまった。

「判りました理事長。大詰めでフォーティンブラスがガートルードに求婚する結末にする、それでいいんですね？」

コリンはその場で即興のセリフを作って演じて見せた。

「麗しい王妃さま、どうか私との婚姻の絆により、デンマークとノルウェーの両国がしっかりと結び合わされますよう、我が申し出をお受けください。あなたという紅薔薇に絡みつく、私は葡萄の蔓ともなりましょう。神聖な愛の誓いにより、両国はとこしえに結ばれ、平和の裡に繁栄するのです」

なんということだ。これではハッピーエンドになってしまうではないか！

「ちょ、ちょっと、それは困るよ、コリン」

僕は思わず言っていた。その声は悲鳴に近かっただろう。

「『ハムレット』は悲劇なんだ。そこまでの改変は許されないっ！　笑いものになるぞ！」

「は？　あたしがいいって言ってるんだからいいじゃんよ」

それはあんまりだと異議を唱える僕を、コートニーはその大きな目でひと睨みした。

「それともナニ？　演劇部の予算を減らされてもいいワケ？　誰が演劇部の予算を

握ってると思ってんの？　学則？　規約だっけ？　そういうモノを読んでみたけど、この大学、理事長の権限がめっちゃ強いのね。予算をナシにすることもできるけど、あたしのプランを採用してくれたら、演劇部の予算、二倍にしてあげる。つまりセイサツヨダツの権限を握ってるのね、このあたしが」

僕は呆然とした。

これでは前理事長の田淵が、「ワシはまわしで理事長になった」と豪語したのと同じではないか。いや、もっと悪い。ちゃんこ理事長は少なくともシェイクスピアに口は出さなかった。

僕の不満を見てとったのか、コリンが宥めるように言った。

「ハムレットのモデルはジェイムズ一世。ガートルードのモデルはジェイムズ一世の母親であるメアリ・スチュアートです。相良先生も、それはもちろんご存知ですよね？　スコットランドの王位継承権はメアリにあったんですから、理事長のこの解釈だって間違いではないですよ」

「それはそうだけど……」

歴史に照らし合わせれば、それは間違いではない。シェイクスピアの時代、女性に継承権を認めないサリカ法をイングランドは採用していなかった。それでエリザベス一世が女王となり、イングランドの黄金時代を築いたのだが、それにしたって……。

「ところで、ボクからも新演出の提案があります」

と、コリン。まだあるのか！　と僕はやけになりかけた。

「先王でハムレットの父は耳に溶けた鉛を注ぎ込まれるのではなく、矢を射られて死ぬことにします」

絶対に譲れません、これだけは、とコリンは強硬に主張した。

第四話　真相

コリン版『ハムレット』の稽古が本格的に始まった。

個性の強い演出家が新解釈や設定を変えて上演する場合、「ＮＩＮＡＧＡＷＡマクベス」とか「ＮＩＮＡＧＡＷＡ十二夜」とか呼ばれるものだが、コリン版も、改変の度合いを見るかぎりでは充分、そう呼ばれる資格はある。世に認められるかどうかはまた別問題だが……。

そのコリンが特に、これは絶対に譲れない、と強硬に主張した改変がある。「先王であるハムレットの父は耳に溶けた鉛を注ぎ込まれるのではなく、矢を射られて死ぬ」件だが、まったく何の抵抗もなく受け入れられた。反対すべきなのは僕なのだが、それを軽く上回るとんでもない変更・改悪・イジりに呆れ果てて、先王の死因なんかもう、どーでもいい、と思ってしまったのだ。

そして先王の死を再現する劇中劇の場面で、先王を矢で誤射して、見事命中させる役は、アーチェリー部のキャプテン、三沢がやると発表された。コリンが「三沢さんには、劇中劇の重要な場面で大事な役割を果たしてもらう予定です。そしてその役は、どうしても彼でなくてはならない」と言っていた意味がようやく判った。

「腕には自信があるからまかせてください」

と、キャプテン三沢も言い切った。彼は学内で一番腕がいいと評判だから、あながち豪語とも言えないだろう。

「絶対にはずしませんから！」

いや……芝居でも映画でもドラマでも、本当に矢を射ることはまずない。あってもそれはごく特殊な場合だけで、通常は「仕掛け物」の矢を使うのだけど……三沢くんは本気で矢を射るつもりになっているようだ。

彼にはもう一つ、急遽必要になった子役の調達という任務もある。

三沢はコリンの大ファンなので、どんな無茶振りも喜んで唯々諾々と受け入れている。その忠実な臣下ぶりは本当に驚きだ。たぶん三沢にとっては、コリンの無理なお願いを聞き入れるのが快感なのだろう。

こういう「熱烈なファン心理」は僕には理解出来ないが。

だが……矢の誤射に子役、と来ると、カードが揃いすぎてはいないか？

もしかして……コリンは誰も知らないはずの「事故」の顚末を、どのようにしてか知っているのでは？　と邪推をしてしまっても不思議ではないだろう。

　今日は、その三沢キャプテンとともに、アーチェリー部顧問の江藤教授も、稽古を見に来ている。

　三沢キャプテンは、舞台上で稽古をしている役者ではなく、演出のダメ出しをするコリンを食い入るように見つめている。これはアイドルのライブに行って握手会に並ぶ「アイドルオタク」以上の熱烈さだろう。図らずも感心してしまったが、隣の江藤教授も複雑な表情だ。驚き呆れるというより、やはりそうだったか、という、何とも言えない表情をしている。

　戯曲の大改変（僕にとっては悪夢の大改悪）が決まってしまってからは、そしてオープンキャンパスの日の滝田の死以降は、それ以上の衝撃的事件は起きていないので、僕は怖いもの見たさのまま、その日も客席の隅に座って稽古を眺めていた。

　そこに美富士刑事がやってきた。僕を見て、オイデオイデをするので、音を立てないように刑事に歩み寄った。

「どうも、相良先生。滝田啓介さんが殺された件について、引き続き調べておりまして」

「そうでしょうね。というか、あの件は殺人と決まったんですね？」

「司法解剖の結果も、弓で射られた矢が刺さったのではなく、至近距離から矢をブスッと突き刺したことが死因だと判明しました」

僕たちは立って相対しているので、美富士刑事は右手で矢を持ったポーズをして、僕の心臓目がけて突き刺す動きをしてみせた。

「つまりこんな要領で刺されたと。角度的にも皮膚組織の傷つき具合からも、こういう感じであろうと」

「ならば刃物を使う方が確実でしょうに、わざわざ矢を、それも小豆沢義徳氏の遺品の矢を使ったことに意味がありそうですね」

「そうです。なので、大変申し訳ないけれど、みなさんお集まりなので、稽古の時間を少々拝借して、ちょっと確認したいことがありましてね。いえいえ、お時間はとらせません」

美富士刑事がそう言い、僕はちょうどキリも良かったのでパンパンと手を叩いて稽古の中断を告げた。

「申し訳ない。稽古をちょっと中断して……警察の調べに協力して貰えませんか？」

美富士刑事は、芝居小屋「啓陽座」の中を見渡して、硝子窓で仕切られた部分を指差した。

「あのスペースをお借りしていいですか？」

そこは、照明や音響効果のスタッフが使う部屋だ。監事室と呼ばれることもある。

最近の演劇は客席に仮設の調整卓を置くこともあるが、ここはキャパが少なく、なるべく席を潰したくないので、この監事室・通称サブコンでコントロールすることになっている。しかし稽古の段階では使わない。

「朝礼みたいにみんなに『みなさん、あの時間のアリバイ、ありますかー』とか一斉に訊けないでしょ？　口裏合わされたら困る」

なるほど。僕は「順番にサブコンに入ってください。すぐ済みますから！」と言い、舞台監督を担当する学生と一緒になって全員を誘導することになった。

「というか、相良先生。アナタには私と一緒に各人の話を聞いていただきたい」

美富士刑事にそう言われて、どうして僕が、と思ったが、まあその方が僕も謎に迫れる。

呼び込みは舞台監督に任せて、僕はサブコンの隅で美富士刑事の聴取に立ち会った。

刑事がみんなに訊いたのは、滝田が殺された時のアリバイだった。司法解剖の結果、矢で心臓を一突きされた滝田が死亡したのは十四時ごろ。しかし死体が発見されたのはその三十分後で、僕たちがアーチェリー練習場に駆けつけたのは、さらにその十分後。

警察としては、十四時頃の各自のアリバイを確認したいのだ。

しかし、どうして演劇部の公演メンバーに訊くのだろう？

「いやそれは、あの日、キャンパスにおられた全員に訊いてますから。手分けして、ね」

と、美富士刑事は言うが……。

オープンキャンパス当日、僕は、コートニーたちと『十二夜』抜粋公演を観たあと、グーテンベルク聖書が盗まれたという話を聞いて図書館に駆けつけたので、その面々と一緒の行動を取っていたから、お互いにアリバイは成立している。

そのメンバーとは、コートニー、僕、学生の飯島くん、田淵前理事長、上埜准教授、住民運動のリーダー早瀬、そして大学職員の荻島に久我山にデブ司書。コリンと、そして演劇部の部員数名は公演の後片付けがあるので芝居小屋に残っていた。

みんな、事件には無関係そうな人たちだ。いや、田淵前理事長にしても、まさか自分では手を下す筈がない。

演劇部員たちは口々に、『十二夜』抜粋公演に協力して、そのまま場内の掃除や大道具や小道具の撤去、衣裳の回収などの後片付けをやっていた、とお互いにアリバイを確認した。

とは言え、あの日の十四時前後に芝居小屋に残っていたのは、ごく少数だ。ほとんどの部員が貴重書盗難騒ぎを聞きつけて図書館に駆けつけたからだ。

僕は聴取に先立って美富士刑事に訊いてみた。

「図書館にいた僕らのアリバイもそうですが、誰かが嘘をついていたことが立証されたら同時に、全員が芋づる式にアリバイ不成立になるんですよね？　そういう法廷ミステリー映画を観たことありますけど」

「もちろんそうですね。ただ、図書館にいた方たちについては監視カメラ・防犯カメラの映像があるので、アリバイは成立しています。しかし、この芝居小屋にそういうものは無いので」

口頭で個別に確認するのだ、と美富士は言った。

最初に呼ばれたのは、演劇部員ではなく、アーチェリー部の主将・三沢だった。

「はい。僕はあの公演を観客として観ていて、上演終了後もコリンと一緒に芝居小屋に残っていました」

「何故？　公演が終わったのに？」

美富士が当然の疑問を投げかけると、彼はハッキリと言った。

「僕はコリンのファンですから。コリン本人のことも、コリンがつくる芝居も、両方ともが大好きなんです」

コリンがこの大学に編入する前、新宿や下北沢（しもきたざわ）で小劇場を主宰していた時から、その舞台はずっと観ていた、と三沢くんは言った。

「次の公演、『ハムレット』には僕も協力することになっています。あの日は、芝居が終わったあともコリンが劇場に残っていたので、僕もずっと一緒にいました」

　後片付けを一緒に手伝っていた、片時もコリンの傍を離れることはなかった、少しでも彼の役に立ちたくて、と三沢くんは言った。

「まあ彼は美形ですからな」

「そういう表面的なことじゃないんです。もっと内面的なシンパシーを、強く感じているんです」

　彼は刑事に反撥（はんぱつ）した。

「判りました」

　美富士刑事は言った。

「館林湖琳氏も、そして三沢さん、あなたも、どちらも問題の時間帯、この劇場から出ることはなかったと。それが判れば結構です」

　三沢くんは監事室を出てゆき、入れ違いに三年生の女性部員が入ってきた。演劇部では裏方の、衣裳や小道具の製作と管理をお願いしている武原文香（たけはらふみか）さんだ。手先が器用で几帳面（きちょうめん）な彼女には演劇部一同、とても助かっている。

　眼鏡（めがね）にひっつめた髪、黒いトレーナーにジーンズという、今どきの女子大生としては地味すぎる格好だが、染めていない黒髪にはひと筋の乱れもなく、眼鏡もぴかぴか、肌もノーメイクなのにシミひとつない。彼女を見るたびに僕は「きちんとしたいの私は！　それも、あらゆることについて」というメッセージを全身で訴えられているように感じる。

武原文香さんも美富士の質問に答えた。

「はい。私も、図書館の騒ぎは気になりましたけど、芝居小屋に残りました。公演のあと、衣裳や持ち道具、小道具の確認をするのが私の役目ですから。理事長が公爵の扮装のまま図書館に行ってしまった事には本当に呆れたし、腹も立ちましたけど、幸いほかの出演者はそんなことはなくて……ほかの出演者といっても、あの日は『十二夜』の抜粋上演なので、ほんの数人でした」

出演者の中にはヴァイオラを演じたコリンもいた。

「館林さん……コリンは終演後、楽屋に行きました。ほんの十分ほどで戻ってきた時には着替えていたので、さすがに長く演劇をやっていただけあって、きちんとしている、扮装のまま出て行ってしまう理事長とは大違いだ、と感心したことを覚えています」

文香さんは、お嬢さま理事長の無神経な振る舞いが大いに気に入らないようだ。

「そうですか。三沢さん……アーチェリー部主将の三沢さんはどうしていました？」

美富士が訊くと文香さんは首を傾げた。

「三沢さんですか？　たしか、舞台上で大道具の片付けを手伝ってくれていたと思います。力仕事なら任せてくれ、とおっしゃって」

「彼は楽屋には行かなかったんですね？」

「どうしてですか？　なぜ三沢さんが楽屋に行くんですか？　出演者でもないのに」

美富士の目が光ったような気がした。何かをもっと訊きたい様子に見えたが、言葉を呑みこむ風で、質問を終わらせることに決めたらしい。

「そうですか。ありがとうございます。ほかに何か気がつかれたことはありますか？」

「そうですねえ……ああそうそう。コリンが客席に戻ってきて、すぐに私は入れ違いに楽屋に行って衣裳を確認したんですが、靴が……」

「靴？」

「はい。エリザベス朝時代の少年の扮装をしていたコリンが履いていた靴です。先が尖（とが）ってバックルがついているものなんですが、なんだか、汚れていて」

泥のような汚れを無理やり何かで拭い取ったような、そんな感じだったと文香さんは言った。

「最初から汚れていたということは？」

「それはありません」

文香さんは即答した。

「『十二夜』の公演前、私がきちんと靴墨と布で、ツヤツヤに磨き上げたんですから」

武原文香さんは責任感が強く几帳面で、とても綺麗好き、つまり悪役巻き髪令嬢とは、まさに対極にある性格だ。そんな彼女の言うことなのだから、これは間違いないだろう。

文香さんが退出したあと、刑事は僕に訊いてきた。

「学内で、靴が泥だらけになるような場所ってあるんですか？」

駅から正門や裏門など、いくつかの入口を通って各校舎につながる道はすべて舗装やブロック張りの道だから、普通は靴は汚れない。

「無いとは言えません。通路を外れた部分をわざわざ歩けば汚れることもあるでしょう」

そう答えると、美富士刑事は「なるほど」と答えた。

三沢くんの前に聴取を終えていた江藤教授は、いつの間にか客席から姿を消していたが、入れ違いのようにお嬢さま理事長が現れた。

「ハーイ。また来たよ？」

ステージでは聴取を終えた役者とスタッフが、出来るところから稽古を再開している。

　コリンは役者につきっきりで、役者の一挙手一投足、息の仕方から瞬きまで見逃すまいと食い入るように見つめて、その都度芝居を止めて注文を出していたが、理事長が来たと察知すると「ちょっと休憩！」と宣言して、コートニーのところに駆け寄った。

「理事長。お忙しいのに、どうも」

「つい、来ちゃうんだよね～。いろいろ気になって」

　挨拶するコリンにコートニーは嬉しそうだ。

「あたしが提案した部分がどうなったかな、と思って」

「キチンとやってますよ。理事長のご提案どおり。だから毎日来なくてもいいです。忙しいんでしょ？」

「だから、義務で来てるんじゃなくて、来たくなるんだよ。それに理事長の仕事なんて、実はたいして忙しくないの。意味のない会議なんか止めちゃったし」

　楽しそうに話している二人を見ていると、これほど似合わない男女カップルもないと思えてしまう。なにか強烈な違和感があるのだ。

お嬢さまは美形のコリンにリスペクトされていい気分なのだろうが、コリンの、あの繊細で鋭い感性が、お嬢さまのガサツさに耐えられるわけがないのだ。

僕はなぜかイライラしてしまう。

コリンは演劇部にもっと予算がほしいだけなのか？　彼は芸術家肌で、そういう計算高い人間にはとても見えないのだが……芸術至上主義が昂じているのだろうか？

そんな僕の違和感と苛立ちを知らぬげに（そりゃ知らないだろうけど）、今日もコリンは令嬢の顔をじっと見つめている。

その視線にはただの愛着という以上の、なにか……よく判らないが、ある種の苦しみのようなものさえ感じられるような気がしたので、僕はますます違和感を抱いた。

稽古は、とくに破綻もなく、驚くような新展開もなく、淡々と進んだ。

こうなると、僕はただ座っているだけになってしまう。顧問としてまったく仕事も役割もないのだ。

が、その時。コリンの靴に泥で汚れた形跡があった、という武原文香さんの証言から連想して、この芝居小屋「啓陽座」の裏口の存在を思い出した。

どんな劇場にも、大道具などの搬入口や役者やスタッフ専用の通用口がある。

この芝居小屋は、大正時代に山形県の温泉地に建てられたものを移築した木造建築で、移築の際に回り舞台などの舞台機構は簡素化されて省かれたが、そのほかの部分は外観・内装ともに忠実に再現されている。

だが、小屋の裏側にある通用口や搬入口は、現在は使われていない。移築されたのが崖の上であり、裏側は崖に面しているために、安全のために封印されたのだ。

本来なら搬入口は劇場として必須のものだが、ここでは本格的な舞台装置を必要とする演劇が上演されることも少なく、なおかつ芝居小屋そのものの使用頻度も高くはないので、封印されても困ることはない。

稀(まれ)に大掛かりな舞台装置が必要な時は資材を劇場内に持ち込んで、舞台上を作業場にして制作するという遣(や)り方で対応してきた……ということは、僕も演劇部顧問であるから、一応知っていた。

搬入口と通用口は、舞台裏にあって、舞台上手の袖に直結している。舞台袖には暖簾のような暗幕が垂れ下がっていて、外からの光を遮断するようになっている。

僕は客席から舞台袖に回り、暗幕の向こうに行ってみた。そこからは、舞台の様子はほとんど見えない。

舞台裏にある搬入口は高さ四メートル、幅三メートルくらいの大きな扉だが、これは開かないように厳重に釘打ちされている。しかし通用口については……封印が外されていた。

　田舎の古民家のトイレや風呂場のような、横棒を金具に通した閂で、外からは開けられないように戸締まりが為されているだけだ。

　閂をスライドさせて、僕が小さな木製の扉を開こうとした時。

　舞台で演出中のコリンが不意に袖の方に近づいてくる足音があった。舞台裏に回ったことに気づかれたか、と思った僕は一瞬固まって静止した。いや、別に疚しいことをしているわけではないのだし、と気を取り直して、僕は暗幕の隙間から舞台を覗いてみた。

「ハイちょっとそこで止めて」

　僕に近づいてきたコリンはくるっと袖に背を向けて舞台を見ると、声をかけて立ち稽古を中断させ、ダメ出しを始めた。

「ホレイショーのセリフが走ってる。シェイクスピアのセリフは息が長いから、焦る気持ちはわかるけど、そこは急がないで、きちんと言うようにして。きちんと言えば感情もついてくる。そういう風に書いてあるから。そりゃ言い回しは現代語と違うから最初は慣れないと思うけど、それがシェイクスピアを演じるってことだから。じゃあ今のところから、ハイ！」

　コリンは手を叩いて稽古を再開させた。

僕はちょっと驚いたが、コリンは僕の存在にまったく気づかず、見えてもいないはずだ。

その時、コリンが呟くように言った。

「……ああ、あの人が女性でさえなければ」

最初は、セリフのひとつなのかと思ったが……そう言ったコリンは深い深い溜息をついたのだ。

気になった僕は、暗幕の隙間からコリンを改めてよく見た。今の位置関係は偶然だが、僕とコリンが直線で結ばれた、その延長線上に……お嬢さま理事長がいた。

え？

咄嗟にどういうことなのか理解が出来ない。

コートニーとコリンはラブラブじゃなかったのか？　二人が仲良くなるのを見て、僕は、自分の心がざわつくことに気がついて驚いたのだった。

本当のことを言えばコリンの整った、いや整いすぎた顔立ちを見るたびに、僕の脳内ではシェイクスピアのソネットの一節が自動再生されていた。「君を夏のひと日にたとえようか？　いやきみははるかに美しく、ずっと穏やかだ」。それを心の耳で聴くたびに、いやいやそんな筈は、と僕は自分の気持ちを打ち消していたのだった。

僕に同性を愛する傾向は一切ない。ただコリンの顔立ちが、僕の理想に限りなく近い、つまり美意識ストライクゾーンど真ん中というだけのことなのだ。

だが、本当にそれだけか？　コリンが男性でさえなければ……本当にそう思う気持ちはないのか？

シェイクスピアに対するコリンの深い理解。卓越した表現力。それを本当の意味で評価できるのは僕だけだ、という自負がある。断じてあのガサツな、お嬢さま理事長であってよい筈がない。

しかし、なんということか、コリンはコートニーの言いなりにシェイクスピアの原典を改変、いや改悪し、さっきも嬉々として上演台本の演出について話し合っていた。あるべき演出についてコリンと話し合うのは、本来なら僕であるべきなのに……。

そのもやもやした感情が嫉妬であることを、僕は認めたくなかった。

いや、この際、潔く認めてしまおう。コリンとコートニーの、一見ラブラブとしか見えない状態に、僕はかなり嫉妬をしていたのだ。

なのに……。

コリンの今の言葉は、どういう意味だ？

『ああ、あの人が女性でさえなければ』って？

僕は訝しみつつ劇場裏の通用口の扉を押してみた。

それは簡単に外側に開いた。

扉が開くと、湿った土と草木の香りがもわっと押し寄せてきた。昼間の木漏れ日で温められた空気が、芝居小屋の中に雪崩込んできた感じだ。

芝居小屋の裏は日陰になっていて、ジメジメしている。数日前の雨と夜露が、そのまま残っているのだろう。

僕は通用口から外に出て、後ろ手に締めた。

地面はじっとりとして、ぬかるんでいるところもある。石にはコケが生えていたりもする。

芝居小屋から崖の下を覗き込むと、十メートルくらいの落差がある。機械で削られたので断崖絶壁だが、特にコンクリートとかで補強はされていない。この下は固い地盤なのだろうか？　表面はぬかるんでいても、下は硬い地層になっているのか？

崖の下には、アーチェリー練習場がある。崖に沿って屋根付きの的を置く場所があり、崖から見下ろすと的の右側、射場から見て的の左側に通路（矢取廊下）が伸びているのもよく判る。

なるほど、と改めて位置関係を復習しながら崖に沿って数歩、歩いたところで……妙なものを見つけた。

崖の手前に、地面から岩が顔を出しており、岩の隙間に薄い金属の板が打ち込まれているのだ。金属板の先端には丸い穴が穿たれ、紐かロープを通せるようになっている。

これは……登山やロッククライミングに使う、そう、あれ、ハーケンではないのか？

ハーケンは、ロープを固定するために岩壁の割れ目に打ち込む金属製のくさびだ。

しかし、そんなものがどうして、ここに？

丘を切り崩してアーチェリー練習場を作った時に、工事の人が使ったものが、そのまま残っているのか？

しかしその工事からもう五年以上は経っている。こういうものは使い終わってもそのまま放置されるものかもしれないが……、見た目ではまた錆びてもおらず、真新しい感じだ。

もうちょっと目を近付けて見ようと、一歩踏み込んだところで、ずるっと足が滑った。

「うわ」

身体が宙に浮いた。

「うわわわわわ！」

完全に垂直の断崖絶壁ではなく、かなりキツくで急ではあるが、一応斜面になっている崖を滑落することになった。

約十メートルの高さを、僕はズルズルと滑り落ちてゆく。

途中、体勢を崩してしまったので、お尻で滑り降りるつもりが前転することになり、それからはコロコロと、あたかもダンゴムシみたいになって転がり落ちた。

転がるから余計に速度がついていくのが怖い！

一面に笹藪や雑草が生い茂っているので、夢中になって掴もうとした。だが草木は無情にもブチブチチッと音を立てて次々に切れてゆく。それでも滑落のスピードは多少は減った。

十メートルと言えば、三階分くらいか？

ラージヒルのジャンプ台よりキツい角度を滑落した僕はどがんがたん、と激しい音を立てつつ崖下の壁に激突した。的を並べた、ベニヤ板の壁だ。強度のない壁はばりべりと割れた。

「ううう……」

恐怖と衝撃と安堵とスリルを同時に味わって、アドレナリンが出るやらちびりそうになるやらで、的小屋の裏にひっくり返って、僕はしばらく動けなかった。

顔や額をけっこう擦り剝いたし、服も全身泥まみれになっている。

それでも生還した、という安堵が全身に広がった。地球に帰還した宇宙飛行士もこんな感じなんだろうか、などと思っていると、「おや？」という声が聞こえた。

「相良先生！　いったい、どうされました？」

僕を覗き込んだのは、江藤教授だった。

「泥だらけじゃないですか！　大丈夫ですか？」

「あ、いえ、大丈夫じゃないですけど……生きてます」

「一体何が……ああ」

教授は、全身泥だらけの僕を見て、崖を見た。

崖の斜面には、僕が転がり滑り落ちたあとがハッキリクッキリと残っている。

「上から落ちてきたんですか？　デヴィッド・ボウイの映画みたいですな。『地球に落ちて来た男』」

教授はどうでもいい知識を披露しつつ、「立てますか？」と、手を貸してくれた。

足がガクガクして、肩も痛かったが、なんとか立てたし、歩けた。

「しかし……江藤先生は、どうしてこんなところにいたんですか？」

普通、アーチェリー場の的の裏側になど誰も来ない。だから雑草がぼうぼう生えっぱなしだ。

「いやいやそれは、私も顧問ですから、いささかの責任を感じて、もう一度、殺人の現場だったここを調べてみようと思いましてね」

教授はそう言って、改めて崖を見上げ、そして泥だらけの僕を見た。

「相良先生、その格好で帰れますか？」

僕は首を振った。これでは駅前に着替えを買いにも行けない。

「そうだ。演劇部にはいろんな衣裳があるじゃないですか！」

江藤教授は言ったが、すぐに首を振った。

「いやいや、シェイクスピアの登場人物が着る襟飾りピラピラとか、提灯ブルマー風半ズボンとか、現代において着用するにはチンケなものしかありませんね」

仕方ないですね、と教授は僕をアーチェリー部の部室に連れて行き、ユニフォームを貸してくれた。格好はいいが、上はTシャツ、下はジャージだ。しかしこの際、贅沢は言えない。

「今日は、練習はないのですか？」

「しばらくお休みにしました。ああいう事件の後だし、部員はみんな気味悪がっていますから」

それはそうだろうと納得した僕が着替える間、教授は誰にともなく言うような口調で、ぼそぼそと言った。

「滝田氏の件は……復讐ですね、明らかに」

「え？」

これはスルーしてはいけないと思って、僕は訊き返した。

「それは、どういう意味ですか？」

「意味も何も、言葉の通りですよ。滝田は復讐されたのです」

復讐というなら、その元になる事件は……やはり、小豆沢義徳氏の「事故死」だろう。それ以外に思い当たらない。

「あの、江藤先生。小豆沢義徳氏が亡くなった事件について、先生が御存知のことを何でもいいから教えていただけませんか？」

これは警察にも言ったのですが、と江藤教授は話し始めた。

「今にして思えば、奇妙としか言いようがない箝口令が敷かれたんですよねえ」

「箝口令、ですか？　誰がそんな」

「理事長名で通達が出ました。まあ、表向きの理由としては『学内のことについて不確かな情報を元に取材に応じるな』、と。まあそれ自体はデマや憶測を防ぐために必要なことではありますし、当時もそう思いましたが」

事故の瞬間を見ていた人の数は限られているし、人が死んだ事件だけに、自分から話題にはしなかった人がほとんどだったし、理事長通達を守って口を噤んでいる人も多い、と。

僕は「よちよち歩きの幼児」についても訊いてみた。

「小さなお子さんが的の前に？　いや、私も事故の瞬間を見たわけではないので……。とにかく現場は大混乱でしたから、見た人がいたとしても、記憶が飛んでしまったのかも」

「先生の周囲の、他の方はどうだったのでしょう？」

「事件の後少しして落ち着いた頃にアーチェリー部の部員たちと会食をしたことがあって……その時に、見たような気がするという者もいましたが、それもなんだか自信がなさそうで。他の部員に『子供？　的の前に？　そんなことがあるわけがない！　そんなものはいなかった！』と強く言われると『じゃあやっぱり勘違いでした』とすぐ引っ込めちゃう程度で……ほとんどの人が覚えていないか、見なかった、と言っていました」

では「だるまさんが転んだ！」については？

江藤教授は首を傾げた。

「それについては、話題になった記憶がないんです。私自身、聞いてないし……いや、女性の叫び声を聞いたような気もしますが、なんと言っていたかまでは……とはいえ、これはなかなか面白い命題ですぞ」

老教授は興味深げな表情で僕を見た。

「というのは、人が亡くなった現場で、まったくそぐわない『だるまさんが転んだ！』という声を聞いたとしましょう。あなたならどうしますか？　意識的に否定したい気持ちが作用するのでは？　もしくは仮に聞いていても口にするのがためらわれる……そうではありませんか？」

その可能性はおおいにあるだろう、と僕も思った。

「私も今言ったように事故の直前、女性の叫び声を聞いたような記憶は朧気にあるのですが、その後の大混乱で、何を叫んでいたのか、まったく記憶にないのです……おお、似合ってるじゃないですか」

江藤先生は、僕のユニフォーム姿を観て、褒めてくれた。

「演劇部でお払い箱なら、ウチの副顧問でどうですか？」

「いえ、まだ演劇部を馘になったわけではありませんから」

そう言いながら、僕は既に幾つか確信していた。

小豆沢義徳を実際に誤射してしまった新見さん、そして殺された滝田の妻と、まだ幼いその子供が僕に言ったことは嘘ではない、と。そもそも彼らが嘘をつく必要がないのだし、滝田の子供が利用されたこと、滝田の妻が我が子を救うために「だるまさんが転んだ！」と叫んだという、突拍子もない嘘をつく理由もないのだ。

となると……五年前の「事故」は……事故ではなく、仕組まれた事件だったのだ。なんのために仕組まれたのか……やっぱり僕の推理が正しいのか……。

しかし証拠はない。江藤教授が言った。

「亡くなった小豆沢義徳さんは、本学創立者のお孫さんであるというだけではなく、ウチのアーチェリー部を強くしてくれた優れたコーチで、学生にも人気があったのです。背が高くて二枚目でカッコよかったですからね。ただ、彼も女性を愛さない人だったのでね」

そうですか、とスルーしそうになったが、「も」に引っかかった。「彼も」って、どういう意味だ？

「先生。彼も、って小豆沢義徳氏ともう一人誰かのことですよね？　誰のことですか？」

そう訊くと、江藤教授は、しまったという顔になった。

「あ～、それは……忘れてください。この件については忘れてください。不用意に学生のプライバシーに踏み込んでしまいました」

それでは私は、と江藤教授は部室を出て行ってしまった。

あ、ちょっとと呼び止めたのだが、教授は聞こえないフリをして、どんどんと歩いていった。

仕方がない。

僕も部室を出た。

崖から風が吹いてくる。斜面で冷やされて湿り気を帯びた風には、土と草の香りが混じって、不覚にも僕の心は和んだ。

殺伐とした話をしていて、僕の心はキリキリと痛んでいたが……少しラクになった。

とはいえ。

実際に崖から滑落してみて、僕は気づいたことがある。

コリンが舞台で履いていた靴が汚れていた、という武原文香さんの証言だ。

演劇部の衣裳・小道具担当である武原文香さんによれば、『十二夜』抜粋公演の前には、彼女が自ら磨き、ぴかぴかだった筈の靴が、公演後に楽屋に確認に行くと、汚れを拭ったような跡があったということになっている。

そして、ハーケン。もしかして何者かが、崖上の岩にハーケンを打ち込み、そこに結びつけたロープを伝って崖を降り、アーチェリー練習場に降り立った？

そしてアーチェリー練習場では、何ものかが滝田の胸に矢を突き刺して殺したのだ……。

え？

僕は、鈍いのかもしれないが、ようやくそれに気づいて慄然とした。

そうすれば犯行が可能かもしれない、と言うだけで、決定的な証拠とは言えない。

そもそも警察はこの崖を調べたのか。

しかしそれをすぐに警察に告げることには、ためらいがあった。

素人の僕がさしあたって出来ることは……そうだ。コリンのアリバイについて不自然な証言をした人物、三沢について調べてみようと僕は思った。

しかし今日は、アーチェリー部のユニフォームという格好だし、三沢本人もいない。


日を改めて、次の日。

授業を終えた夕刻。演劇部の稽古に顔を出して、つつがなく進行しているのを確認した僕は、アーチェリー部の部室に行ってみた。

今日は部室の掃除と弓のメンテということで、部員たちが集まっていた。

僕は昨日借りたユニフォームを洗って返し、三沢くんがいるのを目視で確認した。礼を言って部室を出て、練習場の出入りが見える場所を探して……結局、芝居小屋の裏で見張ることにした。三沢くんが出てきたら、走って後を追えばいいのだ。

おそらく帰宅するのだろうが、ぼくは彼がどこに住んでいるのかは知らない。顔を知られているので、出来るだけ離れて、しかも見失わない距離で尾行しなければならない。それは素人には難しいが……通行人も多いし電車の乗客も多いので、なんとかなりそうだ。

三沢くんは都営新宿線に乗り、新宿三丁目駅で降りた。

彼は新宿二丁目、ビッグス新宿ビルの裏手に向かっている。

と、思ったところで見失ってしまった。突然彼が視界から消えたのだ。

あれ？　と焦った僕がキョロキョロしていると、背後から「どうかしましたか、相良先生？」と声がかかり、驚いて飛び上がった。

振り返ると、なんと僕の後ろに三沢くんが立っていた。

「判ってましたよ。学校からずっと」

「え。そうなの？」

思わずそう訊いてしまった僕に、三沢くんは微笑した。

「相良先生が僕を尾けてきたって事は、僕に訊きたいことがあるんですよね？　だったら、そんな回りくどいことをしないで、直接訊いてくれればいいのに」

それはまあそうなのだが、学内や学校の近所では訊きにくいことではある。

それを察してか、彼は「知ってる店があります。どうですか」と僕を誘った。

遊び慣れてはいない僕だが、ここ、新宿二丁目がどういうところかは知らないわけではない。

とはいえ、よく来る場所ではないのでキョロキョロしていると、三沢くんは一見、ごく普通に見えるスナックに僕を誘った。

カウンターだけの小さなお店で、これもごく普通の、板前のような角刈り黒Tシャツのおじさんが「いらっしゃい、三沢ちゃん」と迎えてくれた。ちょうど僕らは口開けの客になった。

「あら、こちら新しい彼氏？」

そう言われた三沢くんは「いやいやいや、そういうんじゃないです。ノン気ですよ、相良先生は。そうですよね、先生？」と僕の顔を覗き込みながらカウンター席に座った。かなりの常連のようだ。

ハイボールを頼んだ彼は、かなり色の濃いそれをコーラのようにごくごくと飲んだ。

「ピッチ速いね。強いんだ」

下戸な僕は驚いて言った。

「ハイボールなんて清涼飲料水ですよ。あ、先生、ここは料理も美味しいんですよ。食べてください」

メニューを見ると、主にツマミ系の料理だが、本格的な牛スジ煮込みや揚げ物、カルパッチョにサラダなど、いろいろある。

「僕のほうから誘ったんですから、支払いは気にしないでください、先生」

それはオトナの世界の言葉だ。講師が学生に奢（おご）られるわけにはいかない。

「こういうと先生に失礼に当たるかもしれませんが……啓陽の学生にはありがちなことですけど、僕の実家は太いんで。そもそも僕の金じゃあないって言うか」

それだと余計に頼みにくいのだが……三沢くんはチーズ盛り合わせに牛スジにパテ、アヒージョやカルパッチョなどをどんどん頼んでくれる。しかし彼は飲み専門だ。

僕はノンアルのカクテルを頼んで、次々に出てくる料理を賞味した。

「これは美味い！」

牛スジはワインで煮込んであってフォークを入れるとホロホロと肉が崩れ、口の中で蕩ける。バゲットに塗って食べるパテも絶品、サラダもいい野菜を使っている。

「あらあセンセ、美味しそうにたくさん食べてくれるの、嬉しいわ。惚（ほ）れちゃいそう！」

いかつい感じの板さんマスターは、外見と裏腹に優しい声で言った。

「いやもう、どの料理も本当に美味しいです。お酒飲めなくてスミマセン」

「いいのよ！　その分食べて頂戴ね！　あ、いらっしゃい！」

板さんマスターは機嫌良く後から来た他のお客さんに愛想を振りまいた。店はあっという間に満席になった。カップル、そして女性同士の客の方が多い。居心地のいいお店なんだろう。

三沢くんは早くも酔いが回っていた。ハイピッチで飲んでいたのだから当然だろう。

「あのですね……僕には判るんです。コリンが、僕と同じ指向を持つ人だということが。でも」

そこで彼は突然、号泣し始めた。

「僕は彼の眼中には入っていない。僕という存在は、コリンの中では価値がないんです。辛いです。こんな辛い思いをするくらいなら、いっそコリンが、普通に女性を愛する人であってくれたほうが、何万倍もよかった」

え？　普通に女性を愛する人？

ようやく僕にも判った。

つまり……三沢くんもコリンも、同性愛者というかLGBTQなのだ。そして、コリンの目は、三沢くん以外の人に向いていると。

「前に一度、コリンに訊いたことがあるんです」

目を赤くした三沢くんはハイボールのグラスを一気に空けた。

「僕ではダメですか？　って。あなたの心を占めているのが、他の誰かであることは判ります。でも、ほんの少しの場所でもいい、僕に頒けてはもらえないでしょうか？　って。するとコリンは僕の顔をじっと見つめたあと、諦めたように、そして独り言のように呟いたんです」

彼は諳じた。

「……アポロの巻き毛、ジュピターさながらのその額、眼差しは敵を威嚇し味方を指揮する軍神マルス……って。でも、それが僕のことを言っているわけではないことが、なぜか判ってしまったんです」

それが『ハムレット』からの一節であることは僕も知っている。ハムレットが母親に、あんなに素晴らしかったかつての夫を忘れ去り、比べものにならないほど劣った今の夫にどうして我慢できるのか、と糾弾する場面だ。

「コリンの心の中で、明らかに僕は誰かと比べられていました。顔立ちも眼差しも、何もかもが、僕より遥かに優れた誰かと」

さすがにコリンも、それに続くハムレットのセリフ、美しい山と泥沼ほどにも違う、という残酷な比喩を口にすることはできなかったのだろう。たしかに主将の顔立ちは、ごつごつしたじゃが芋のようで、美形とは程遠いものだ。誠実さと人柄の良さは十分に感じられるのだけれど……。

やはりコリンはそういう人だったのか、と僕は腑に落ちた。

だがしかし。それなら、巻き髪悪役令嬢コートニーに惹かれているように見えるのはなぜなのだ？　いや、そういえば令嬢に向かって……「ああ、あの人が女性でさえなければ」と言ってたじゃないか！

いやいやいや。もっとよく思い出そう、と僕は必死に考えた。

オープンキャンパスで上演した『十二夜』抜粋上演の時のこと……。

あの時コリンは、公爵の扮装をした巻き髪お嬢さまの顔を見つめ、「この顔。この顔でなければばならないのです」と言っていた。

彼女と言うより、彼女の「顔」がキーなのか？　コリンは、彼女の顔を、つまり外見だけを重視している……？

横を見ると、三沢くんはカウンターに突っ伏していた。泣き崩れているのかと思ったら、そのまま酔って寝てしまったようだ。

「しょうがないなぁ」

下戸な僕は、酔っぱらいの世話は苦手だ。呑兵衛なら自分の適正酒量は判っているはずなのに、度を超してしまう自己管理のダメさ加減を普通なら非難したいところだが……そうも言ってはいられない。酬われぬ想いに苦しんでいるのなら仕方ないだろう。『十二夜』のヴァイオラのように。

　一応、僕は非常勤と言えども啓陽大学の教員だし、彼はそこの学生だ。僕が面倒を見るしかない。

「三沢くん。君の自宅はどこなの」

　実家は太いとか言ってたから、高級住宅街に住んでいるんだろう。成城か？　田園調布か？

　しかし三沢くんは完全に酔い潰れて、目を覚ます気配がない。

「彼のウチは南平台（なんぺいだい）よ。渋谷（しぶや）区の南平台」

　マスターが横から教えてくれた。

　南平台と言えば有名人が多く住む高級住宅街だ。しかし南平台に行って「三沢さんチ」と言えば判るとも思えない。

「大丈夫よ。あの辺に詳しい運転手さんなら判るから」

　ホントかねと思いつつ席を立ち、支払いを済ませようとしたらマスターに止められた。

「いいのいいの。彼から貰うから。いつもそうなのよ。学校の先生も大変なんでしょう？　三沢くんは、人にご馳走（ちそう）するのが好きな人だから」

　ということで、学生のツケで飲み食いしてしまった。ちっともトクした気分にはならない。学生に飲み食いさせられる甲斐性のない自分が情けなくなるだけだ。

まあしかし、新宿から渋谷ならタクシー代もそうはかからない。せめてきちんと送り届けてやるか。

酔い潰れた三沢くんのデカいガタイをなんとか支えるようにして、新宿二丁目の通りをもつれ合うようにして、靖国通りに向かって歩いていると……。

「先生！」

背後から黄色いが鋭い声が飛んできた。

こずゑだった。なんでだ？　どうして彼女がここにいる？

「先生ひどい！　先生はそういう人だったのね！」

「は？」

こずゑは見開いた大きな目に涙を一杯に溜めている。

「先生を新宿二丁目で見かけたという通報があったから、私、大急ぎで探しにきたのに、なにこれ！」

「なにこれって、学生が酔い潰れたから……」

「嘘ばっかり！」

こずゑの目には「疑念」の色しかない。

「先生は、他の女と二股三つ股かけるだけじゃ足りなくて、男の人にまで二股かけてたの？　両刀使いだったのね！」

「いやいや、違うって！」

　僕は慌てて否定した。

「なんですかその慌て方？　先生は同性愛とかLGBTを否定してますね？」

「いやいやいやいや、それも違うって！　すべての意味で誤解されてるから、それの否定だよ！」

　僕は懸命に否定したが、彼女の耳には入っていない。

「手遅れだったのね！　私がいくら迫っても無視するなんて、そういうワケだったんだ！　よくも騙したわね！」

「はぁ？　ちょっと待ちなさい！　いつ誰が君を、どういう風に騙したって言うんだ？」

　どうしてこうなってしまうんだ！

「叔母さん夫婦に言いつけてやるからね！」

　叔母さん夫婦というのは、泣く子も黙る田淵前理事長夫妻のことだ。こずゑと結婚していずれは学長に、などと砂糖に蜂蜜をかけたような甘〜い言葉を、高級スーツとともに戴いたばかりだ。こずゑの讒言で、やっと手に入れた非常勤講師の座まで僕は失ってしまうのだろうか？

「ま、どうなるか、楽しみにしているがいいわ！」

彼女は悪魔のような笑みを浮かべると、僕と三沢くんを睨みつけ、身を翻し駆け去った。

なんでこうなるの、と僕は思わず天を仰いだ。

なんとかタクシーを拾って、南平台に向かったが、渋谷駅付近で目を覚ました三沢くんは「ここで降りる！」と強引に言い張った。

「どうした？　もしかして、自宅を観られるのが恥ずかしいとか？」

豪邸なら何が恥ずかしいのかと思うのだが、プライベートを見せるのが嫌だったのだろう。

彼は南平台の入口に当たる場所、玉川（たまがわ）通りから左折してすぐのところで降りて、運転手に万札を渡した。

「これで先生のお宅まで行ってください」

足立区竹の塚まで、新宿から渋谷経由で一万円で行けるのだろうか？

いやいや、そこまで学生の世話になってはいけない。気持ち的に負担になる。

僕はタクシーを降りた。お釣りはチップになったので、運ちゃんは万札を押し戴き、大喜びをしていた。

*

その翌日も、僕は演劇部の『ハムレット』の稽古に顔を出した。

コリンは相変わらず精力的に演出してダメを出し、理事長で金主でもあるコートニーに傅いている。

お気に入りのイケメンというだけではない。彼女にとっては今やそれ以上の存在だろうコリンに下にも置かない扱いを受けて、コートニーはご機嫌だ。

その反面、あれだけ毎日来ていた三沢くんの姿がない。

休憩時間に、芝居小屋を出て自販機で珈琲を買っていたコートニーに僕は話しかけた。

「ずいぶん熱心ですね」

コートニーは「うん」と素直に頷いた。

「前にも言ったけど、この『ハムレット』にはあたしの意見がたくさん入ってる。だから気になって。どうなってるか見たいし」

「だけど理事長って大変でしょ？　会議会議で忙しいんじゃないんですか？」

「それも前に言ったけど、案外ヒマなの。書類が山ほど回ってきて、サインしたりハンコ押すのが大変だけど」

「それ、きちんと読んでハンコ押さないとヤバいですよ。テキに有利になるような書類が紛れているかも」

「全部きちんと読んでるよ。ええとなんて言ったっけ？　ブラインドスタンプ？　そういうものは押さないし。だからあたしのところで書類が溜まっちゃって、文句を言われてるんだけど」

ほら、忙しいんじゃないか！

「でも、『テキに有利』って、どういうこと？　タブチはもう辞めたんだよ？」

「田淵氏は辞めても、息のかかった配下は残ってますよ。田淵氏は自分がこの大学の実権を握り続けていると今でも思ってますよ」

僕がそういうと、コートニーは意地悪な目で見返してきた。

「さすが田淵のスパイ」

「違いますって。心ならずもそういうことに巻き込まれてしまってますけど」

「高級スーツ貰ったくせに。あれは田淵の仲間って意味の制服なんだよ」

また言われてしまった。うんざりした僕は話題を変えた。

「ねえ理事長。理事長はコリンのことが好きなんでしょう？」

もっと遠回しな表現にするつもりだったのに、口から出たのはストレートな言葉だった。

「なにそれ？」

コートニーは目を丸くして僕を見た。

「アナタには関係ないでしょ！」

そう言った途端、真っ赤になった。

その瞬間、僕の脳裏には、さっき稽古場で見たばかりのコートニーの姿が浮かんだ。いつになく真面目で真剣で、真っ直ぐな目で演出するコリンを一心に見つめていたのだ。その姿を、恋する乙女と言わずして、なんと表現すればいいのだ？　しかし。

「悪いけど、コリンはあなたを愛さないと思う」

「はぁ？」

彼女の目には「理解不能」という文字が表示されたかのように思えた。

「コリンが、あなたを愛するはずがない、と言いたいのです。いや、ちょっと違うか。コリンはあなたを愛せない。うん、これかも」

「何をゴチャゴチャ言ってるの。意味全然判んないんだけど？」

そう言ってから、はは～んと笑った。

「アナタさあ、妬いてるんでしょ！　アタシがコリンに夢中だと思って、妬いてるんだ！　な〜んだそうか！　だったら素直に言えばいいのに！」

そう言って、いっそうニヤニヤした。

「アンタもあたしのこと、好きなんでしょう？　ヒネくれてるな〜！　好きなら好きって言えばいいのに！　素直に行こうよ素直に」

盛大に勘違いしている。どこまでポジティブなんだろう？　いやいや違うと言えば、怒り出すだろうし……。

「だけどナニ？　コリンがアタシを嫌ってるって言うの？」

「嫌ってはいないけど……愛してもいない」

「だからナニを根拠に？」

彼女の目は、笑っていない。

「アンタは、ナニに基づいて、そういうことを言うわけ？」

声も詰問調になってきた。

コリンは実は……と言ってしまえば簡単なのだが、他人のプライベートなことは軽々に口に出来ないし、そもそもそういう微妙なことを話題にした僕が悪いことになる。

「だってさ、コリンはあたしに、あなたのような人は二人といない、って言ったんだよ？　これって、アタシを愛してるって意味じゃないわけ？」

剛速球のストレート。

これをどう打ち返す？　見送って三振しても、コートニーは許してくれそうもない。

「さあ、さあ、どうなのよ？」

歌舞伎のセリフさながら彼女は迫ってきた。

万事窮す。

と、思った時に、救世主がやってきた。美富士刑事だ。

「やあ、刑事さん、こんにちは！　今日はどうしたんですか？」

向こうが声をかけてくる前に、僕の方から美富士刑事にウェルカム・コールをした。

「いやね、またいろいろと調べておりましてね」

刑事がオイデオイデをしたので、これ幸いと僕は彼女に「じゃ、また！」と声をかけて、美富士に走り寄った。

「今日はなんですか？」

うん、と頷いた刑事は声を潜めて僕に囁くように言った。

「この前は滝田さん殺害時のアリバイについて皆さんから聞きましたが、いろいろ調べて行くと、どうも、これは単独の事件ではないだろうということになりましてね」

　五年前の「事故」を最初知らなかった警察も、やっとそう考えるようになったか。いや、警察が考えるまでもなく、やはり五年前の件と、滝田の殺人は繋がっているのだ。

「それは……江藤先生が話されたことと関係がありますか？」

「もちろん江藤教授の御意見も、いろいろある考えのひとつとして受け取りました。関係者の証言をもとに慎重に裏を取った結果、やはり、五年前の小豆沢義徳氏の死亡事故に絡む関係者が多すぎます。いや単に関係者と言うにとどまらず、ハッキリ言って利害関係者です。これを無関係とする方が不自然なので」

「どうしてそれを僕に？」

　僕はそう言って振り返ってみた。コートニーはもういなかった。

「相良先生にはこれまでも協力して貰いましたよね。この前の事情聴取とか」

「あれは、ただ単に同席していただけですよ。それに、田淵前理事長の事情聴取にはお呼びがなかったし」

　コリンの事情聴取にも僕は同席していない。

　それこそ僕が聴いてみたかったのに。

＊

学問の独立・自由を盾に、大学構内に警察が入ること自体、以前（学園紛争華やかなりし頃）はタブーのように言われていたけど、今は違う。殺人が起き、それを巡ってあらぬ噂も立っている。捜査が学内に及んで、刑事がキャンパスをウロウロするのは無理もないことだろう。

だが……それは気分がいいものではない。

美富士刑事たち捜査関係者もその空気は感じているようで、極めて低姿勢で丁寧な物腰で、仕事を進めていたが、不穏な噂が学内で飛び交うことまでは止められない。

「ねえ、相良先生、五年前のアレ、あれは事故ではなくて殺人だったんだよね？」

教職員の誰もがそういうことを訊いてくるので、僕は閉口した。

「いや〜僕は刑事じゃないから判らないですね〜」

と、他人事（ひとごと）のように返事をしているが、一番興味を持っているのは僕自身だろう。

最大のポイントは、田淵前理事長が事実関係についてどこまで認めるか、だ。既に顧問弁護士はいるが、さらに敏腕の刑事専門の弁護士を雇ったというハナシも聞いたし、任意の事情聴取も何度も行われたと聞いている。

　それが本当なら前理事長は相当、追い詰められている筈だ。

　こういう時、僕が呼ばれて便利に使われる展開になるのが今までのパターンなのだが、不思議とそれは起きなかった。美富士刑事との繋がりを警戒されたのか、コートニーとの関係を深読みされたのか、それとも田淵夫妻は弁護士と協議することで手一杯なのか……。

　まあ、僕としては面倒な事に巻き込まれないで済んでいるわけだが……。

と、他人事のように考えていた時、果たして、前理事長が反撃に出てきた。

　大学本部事務棟の中央掲示板には、教務課や学生課からの重要なお知らせが貼り出される。休講情報とか追試情報、懸賞論文の募集、バイト急募とかさまざまな情報が掲示されるので、学生はもちろん教職員も一日一回は必ず確認するのだが……。

　それを今朝、見に行くと、とんでもない掲示が貼り出されていて、僕は目を剝いた。

『厳重注意！　根拠のない誹謗中傷を口にする学生は退学にします！』

　と赤い大文字の見出しが目に飛び込んできたのだ。

『昨今、当大学に関してあれこれ不確かなことをＳＮＳに投稿したり、学内外で声高に話す人が増えています。これは当大学にとって耐え難いことです。名誉毀損に当たります。このような流言飛語に惑わされて根拠のない噂を拡散すると、デマが一人歩きしてしまいます。当大学としてはこのような事態を深く憂慮しますので、不用意なことを口走ったり書き込んだりしている学生が特定出来た場合は、当大学の判断で退学処分に処するのでそのつもりで　啓陽大学』

という文章がついていた。

こんなもの、誰が掲示したのだ？

僕は事務室に飛び込んで、目についた職員の久我山を捕まえて訊いたが、彼は目を白黒させ、しどろもどろで答えた。

「誰が掲示したか判らないのです。しかし、だからと言ってすぐには剝がせません。我々が知らない、もっと上の方でそういう決定がされて、上の方の誰かが貼ったのかもしれないし……そうだったら僕らのような下の者が剝がすわけにはいかないし……」

こうなったら、「上の方」の最たる者である理事長に談判するのが一番だ。

僕はコートニーに捩じ込んだ。

「これはどういうこと？」

僕はスマホで撮影した掲示をコートニーに見せた。

「学生を悪者扱いするのはマズいのでは？」

「ちょっとナニ言ってるの？　訳の判らないこと言わないでくれる？」

と機嫌の悪いコートニーだったが、スマホを見て目を丸くした。

「なにこれ。アタシ全然聞いてないから！　誰が勝手に掲示したのよ⁉」

コートニーはデスク上の電話を取って事務棟を呼び出し、いきなりぶちかました。

「ちょっと。コートニーだけど、アンタら一体、何やってるわけ？」

彼女は職員に先制パンチを浴びせて、掲示はすぐに剝がすこと、そして誰が勝手に貼ったのか大至急調べろと命令した。

「わかった？　すぐに調べるのよ？　誤魔化したりしたら、あんたら事務職員、全員雇い止めにするからね！」

コートニーの怒りの迫力は凄まじく、数分後に電話が鳴って、「犯人」が判明した。

「そーぉ。よく判りました。アリガトね」

報告の電話を受けたコートニーはニッコリ笑って僕を見た。

「犯人が判った。タブチの手下よ。相撲部ＯＢの職員が勝手に貼り出したんだって」

「それって、荻島ですか？」

「さあ？　名前までは言ってなかったから。でも、相撲部ＯＢってことなら、指令の出所は明らかね」

「タブチ！」

と、僕とコートニーはハモってしまった。

「こうなったらタブチの弱味を逆手に取ってやる！　あいつの嫌がることをやってやる」

「え？」

コートニーはらんらんと光る目で僕を見た。「アンタさあ、アタシの兄を殺したのは田淵、って噂、じゃんじゃん流してよ」

とんでもない指令に僕は驚いた。

「それはちょっと……」

「ナニを躊躇してるわけ？　これほとんど事実なんだから、いいでしょ別に。この件が早く片付けばみんな喜ぶんじゃないの？」

「そうですかねえ？　前理事長は策士だから、反撃してきますよ、きっと」

「そん時はそん時よ。受けて立とうじゃないの」

面白くなってきた！　と不敵に笑うコートニーは明らかにワクワクしている。やっぱり「悪徳令嬢」だ。

生粋の楽天家なのかノーテンキなのか、それともバトルクレイジーなのかは知らないが、それでも今まで、彼女の無茶な作戦が図に当たってきたのは事実だ。

だが……。

僕が言いふらす前に、誰が広めたのか、それとも自然発生なのか、「五年前のあの事故は事故ではなく下手人はタブチ」という噂はあっという間に学内に広がった。学生も教職員もみんなスマホを見ながらヒソヒソ話しているから、誰かがSNSに書き込んだのだろう。コートニー自身が書いて拡散させたのかもしれないが。

それはまあどうでもいいのだが、僕が歩いていたりすると、みんなぴたっと話をやめて、曰くありげな目で僕を見るのだ。

飯島くんまでがそうするので、つい「水くさいじゃないか」と文句を言ってしまった。

「僕がどうして疑惑の目で見られるんだ？　コートニーと一緒にイベントもやったし、演劇部の『ハムレット』だって、コートニーの言うがままに変えることを認めたじゃないか」

「だけど相良先生はタブチ派でしょ？」

飯島くんが平然と言うので、僕は耳を疑った。

「ちょっと待てよ。どうしてそういうことになるんだ？」

「だって……先生はスーツを作って貰ったんでしょ？　濃紺の、タブチのシルシの」

「いやいや、あれは勝手に作られて無理やり押しつけられたんだって！」

僕は完全否定したが、飯島くんは首を振った。

「だけど、貰ったんでしょ？」

「なんだよ。あのスーツはバテレンの踏み絵か？」

と言ったが、スーツの件は、田淵派が広めなければみんなが知る由もないことだ。僕如きちっぽけな人間を、コートニー派とタブチ派が取り合っているとも思えないが……とは言え、僕にはタブチ派というレッテルが貼られてしまったのだ。

これは、ハッキリ言って「汚名」だ。当事者を別にすれば、僕は誰よりも真相に近づいているという自負があるのに！

「以前は田淵に睨まれるとヤバいと言われ、今は田淵に絡んでるとヤバいと思われるんですよ。どっちにしても田淵に連なるヒトはヤバいって事です」

「だから、僕は田淵派じゃないって」

「でも、スーツ貰ったんでしょ？」

飯島くんまでが……とガッカリしてしまったが、これが世間の感覚というものなのだろう。

なんだか『ハムレット』の稽古どころではなくなってきたが……どのみちコリン

が仕切っているんだし、僕の出番はない。

　カフェテリアで食事をしてコーヒーを飲んでいると、スマホが鳴った。

「やあ婿殿」

　今一番聞きたくない声の主、田淵前理事長からの呼び出しだ。

「婿殿、冷たいじゃないか。すっかりお見限りかね？」

「え？」

「え？　じゃないだろう。わしから言うのもおかしな話だが、陣中見舞いというかなんというか、最近はどうですかと声ぐらい掛けてくれてもいいじゃないか。こっちは君のことを気に掛けているんだから」

　それは知らなかった。というか、モノは言いようってヤツだろう。

「かえってご迷惑になるかと思って」

「おまけにこずゑからは、キミが新宿二丁目でアブノーマルな道に走っていると報告を受けているし」

「あ、それはまったくの誤解です」

「とにかく、ちょっと顔を出しなさい」

　と、僕が呼びつけられたのは、「特別室」だった。コートニーがいる理事長室と同じフロアにあるが、当然、僕のような非常勤講師は足を踏み入れたことはない。

秘書がいる控えの間で待っていると、分厚いドアの向こうから、田淵氏とその奥様の会話が聞こえてくる。

「あなた、またあの悪夢を見たんです。もう私、耐えられません。気がつくと両手にべっとり血がついていて、洗っても洗っても落ちない。落ちないのです！　このままだと、夜も眠れない。いいえ、眠るのが怖い！」

奥様は田淵前理事長に必死に訴えている。それはほとんど悲痛な叫びだ。

「大丈夫だ。医者に薬を処方させよう。気の迷いだ。ゆっくり寝れば治るよ」

田淵氏は諭すようになだめ、なんとか奥様の混乱は収まったようだ。

僕は、さっきからずっと聞いていたであろう、秘書を観た。

年配の女性秘書は知らん顔をしているが、眉間に皺が寄っているのを、僕は見逃さなかった。

両手が血まみれ……洗っても洗っても落ちない……あれほど多くの血が人の体内にはあるのか、とでも次は言い出すのか……。

やがて、ドアが開いて、奥様が出てきた。錦糸町のちゃんこ屋でお目にかかった時の色っぽさはどこに行ってしまったのだろう、と驚くほどに、憔悴(しょうすい)しきっていた。

それはもう、別人と言われたら信じてしまうほどの窶(やつ)れようだ。このぶんだと、夜眠れないというのは本当なのだろう。

彼女は足元が覚束ない歩き方で、秘書に支えられて、エレベーターに向かった。

「ああ、相良君、入りなさい」

中から田淵氏に呼ばれたので、僕は奥様が気になりつつ、特別室に入った。

そこは、コートニーの部屋以上に立派で、豪華で大きなデスクがあり、応接セットが置かれている。そのデスクには「啓陽大学理事会名誉顧問」というプレートが置いてある。今の田淵氏の肩書きのようだ。

「ああ、これは……無役だと格好がつかんだろ？　だからまあ」

田淵氏はごまかすように言った。

「妻のことは気にせんでくれ。あれだ……更年期障害ってやつだ」

ここで何を言っても悪く取られそうだ。奥様の不眠、あれは罪の意識ゆえですよね？　などとは思っていても言えることではない。

もう眠りは無い！　マクベスは眠りを殺した！　という魔女の叫びが僕の内心に響き渡った。

そこで特別室のドアが開き、入ってきたのはこずゑだった。

「おお、来たか」

そもそもこずゑは、どうして僕にここまで執着するのだろう？　単なる意地か？

「ねえ相良先生。おじさまの前で、今日こそハッキリして戴くわ！」

こずゑはそう言うと、僕に向かって一枚の書類を広げて見せた。それはまるで刑事が逮捕状を見せるような仕種だ。

それもそのはず、彼女が広げて見せたのは、婚姻届だった。住所氏名、保証人二人分、そしてこずゑ自身のサインなど、必要事項は全て書き込まれており、あとは僕が署名してハンコを押すだけになっている。

「ここに署名してちょうだい」

「ええと、あの、名誉顧問……」

「田淵さん、で構わん」

なんなら叔父さんでも、と前理事長は鷹揚（おうよう）に言った。

「あの、僕をお呼びになったのは、この件ですか？」

「そうよ、先生。今日こそは逃がさないからね」

こずゑは据わった目で迫ってきた。

「なあ相良君。前にも言ったように、決して悪いようにはせんよ。キミだって非常勤という不安定な身分より、助教になり専任講師になり准教授になり教授になり、学部長や学長まで昇りつめたいだろう？」

田淵氏とこずゑは婚姻届を手に、僕に迫ってきた。

「君の分のハンコも用意してある。ここに署名しなさい」

田渕氏はポケットから「相良」の印鑑を取り出した。三文判だ。ハンコは誰でも買えるし、婚姻届に実印は必要ない。ハンコを押す意味が問われる所以だ。

「相良先生は二股三つ股かけてるし、両刀遣いのくせに、それでもあたしが結婚してあげるって言ってるんですよ？　断れないですよね？」

「いやいやそれは全くの誤解だ！　新宿二丁目に居たからってだけで決めつけるのは、ひどい偏見だよ！」

「でも先生は三沢さんともつれあっていたじゃないですか！　その気があると噂の三沢さんと！」

「だからあの時は三沢くんが酔っていたから介抱していただけで」

「じゃあ二股三つ股は認めるんですね！」

　こずゑは容赦なく畳みかけてくる。

「それも認めない！　そもそも、キミと婚約はおろか、何ひとつ約束なんかしてないんだからね！」

「なーに言ってるんだか！　どうせ貧乏で、あたしと結婚しなければ一生底辺のくせに！」

　それを聞いた僕は、頭の中で「ぷちん」と何かが切れる音がしたのが判った。脳血管が切れたのではない。堪忍袋の緒が切れたのだ。

だいたい、外堀を埋めてから内堀を埋めてくるような、この悪辣さはなんだ？

「もういいです！　あなた方はみんな揃いも揃っておかしい！　異常なことに心を痛める奥様こそが正常なんだ。金と権力のために人を殺したり、思い通りに玩ぼうとする、あなた方の遣り方にはもう、うんざりだ！」

言いなりになる筈の僕が唐突にキレた、と驚愕したのだろう。

田淵氏とこずゑは、僕を恐怖の目で見た。

「僕が何でも言うことを聞くと思っていましたか？　しがない非常勤講師だからって？　でも非常勤講師だって人間です。尊厳も感情もあるんです。今まで言いたかったことは全部、我慢してきました。スーツを貰ってしまったことも後悔してます。それもこれも、ここのコマ数にしがみつくためです。もういいです。出世のために人生を棒に振るヒトもいるでしょうが、僕はイヤだ！」

僕はこずゑにも前理事長にも、これまで我慢してきたことを全部ぶちまけた。

もうこの大学の非常勤をクビになってもいい！　というやぶれかぶれの気持ちだった。

「なによりも、殺人の疑いのある人の親戚に、僕はなりたくありません！」

そう言い切って、婚姻届をビリビリに破り捨てると、後ろも見ずに特別室を出た。

その後の展開は早かった。

僕が特別室のある新本部ビルを出るとすぐに、教務課からメールが入った。

「相良先生。極めて重要なご連絡がありますので、すぐに教務課に来てください」

出てきたばかりの新本部ビルに引き返して、教務課に入ると、相撲部ＯＢの職員・荻島が薄ら笑いを浮かべて「通知書」を僕に手渡した。

「相良先生ご担当の英語Ⅰと英国演劇史ですが、急な事で恐縮ですが、カリキュラムからなくなることになりました。なので、英国演劇史の授業は……今日で最後ということになります」

こうなることは覚悟はしていたが、まさか年度の途中、それもその日のうちとは……。

通知書は「文学部カリキュラム編成委員会」という聞いたことがない部署が出した事になっている。

まさかこんな形で雇い止めに遭うとは思ってもいなかった。

「ショックだと思いますが、決定事項ですので」

と、荻島は笑いを堪えるような顔で、言った。

契約では一年のはずなのに、とねじ込もうかと思ったが、どうせ無駄だ。あの田淵が決定を翻すはずがない。

かといって、お嬢さま理事長に頼み込むのも業腹だ。というか、僕はとにかく最悪な事に巻き込まれた結果、ここを追い出されるのだ。

ならば……。

最後の授業をきちんと務めて、立つ鳥跡を濁さず、でこの大学から去ろう。

そう心に決めた。

その英国演劇史の授業。

シェイクスピアとその一座が支持していたジェイムズ一世が英国王に即位し、そのお祝いに『マクベス』を書いて上演したこと、などを話した最後に、僕は付け加えるように言った。

「急な事ですが、この授業は今日で終了ということになりました。後期には皆さんにお目にかかることができません。短い間でしたが、楽しかったです。ありがとう」

さりげなく言ったつもりだったが、万感胸に迫り、最後はちょっと涙声になってしまった。

すると、教室には、えーっというざわめきが起きた。

そして、拍手。

飯島くんを含む学生たちが教壇に駆け寄って、口々に残念です、と言ってくれた。

「なにか起きたんですね？　というか、例の件でしょう？」

飯島くんが察してくれた。

「いろいろ言ってすみませんでした。スーツのこととか。まさか、こんな事になるとは全然思っていなくて」

「いやまあ、本当にいろいろあってさ」

他の学生たちも、突然のことに驚いて呆然としている。

それを見て……僕は心が癒されたと感じた。

自分で思っていたよりも、この授業は評判がよかったのだ、という実感が湧いて、慰められたからだ。

担当する授業がなくなったと言うことは、非常勤講師もクビになると言うことだ。契約解除はあとからまた別の通知が来るのだろう。

でも、そうなれば、演劇部の顧問も自動的にお役御免となる。

その事は演劇部の部員たちに伝えなければならない。

僕はゲネプロ同然の、最終段階の稽古をやっている「啓陽座」に行って、休憩時間にそれを伝えた。

みんな、すぐには意味が判らないという感じで無言だったのだが、コリンは僕のところにやってきて、握手を求めてきた。

「人間、たとえ自分が不利になっても、すべてを喪うことになっても、譲れないものはある筈ですよね。いろいろな人が先生のことを悪く言ってたけど、僕は……僕だけは相良先生を尊敬しますよ」

コリンの顔は、真剣だった。その言葉には嘘はないと思った。

「……君に、そう言ってもらえて、なんだか救われた気分だよ」

そう言ったが、本心だった。

これでいい。これでよかったんだ、と思った。いや、正直なところ、そう思うしかない。

あとは……この『ハムレット』がどう仕上がったのか。それを見届けるまでだ。

＊

数日後の、前期最終日。

ついに『ハムレット』上演の当日になった。

既にこの公演は、ただの学生劇団のシェイクスピアの上演ではなくなっている。

コリンはこの芝居に、何らかの意図と仕掛けを忍ばせている、という憶測はネットでも広がっているし、学生も噂しているし……教職員までが話題にしている。

朝、駅から大学に向かって歩いていると、江藤教授が息を切らして追いついてきて、「どうなんですかね？」と話しかけてきた。

「は？」

「『ハムレット』、今日でしょう？　みんな興味津々ですよ。君は講師室に寄り付かないから知らないでしょうけど」

「だって僕は……もう授業がなくなって実質クビになってますし、非常勤講師室に行っても、もうロッカーすらないんですからね」

「そうですか？　もうじき君が一気に出世して文学部長になるとか言ってるヒトもいますよ。だから授業から外れたんだろうと」

冗談じゃないです、と否定しながら、僕は驚いた。情報とはこんなにも正しく伝達されないモノなのか。

詳しい顛末を説明するのも面倒だし、悔しさがぶり返してくるだけなので、江藤先生には「それはまったくあり得ませんよ」とだけ言っておいた。

今年になってからの習慣で、朝九時前に登校してしまったが、よく考えたら、いや、よく考えるまでもなく、大学に来る理由も必要もないのだった。なんせ、クビになったんだし、やる事もない。

かといって……午後三時開演の演劇部公演『ハムレット』まで一度家に戻るのも無駄だ。

僕は学内の書店で求人誌をいくつか買ってカフェテリアでじっくり読んだ。

大学教員の夢はもう諦めて、塾の講師になるか、それとも完全に畑違いの、とにかく給料が貰える仕事ならなんでもいいと割り切って、大きな方向転換をするか……。

踏ん切りがつかないままに、昼になった。

僕は演劇部顧問として、公演会場の「啓陽座」に顔を出した。

問題作を上演する、という気合いが、関係者全員に行き渡っている。昨日までは自分のことでイッパイイッパイだったので、この上演にかかわる学生たちの意気込みや緊張、気合いにまでは考えが及ばなかった。

しかし今日は違う。僕自身、かなり振り切れたし、完全にフリーな立場でこの『ハムレット』を楽しもうという気持ちになっていた。

なので……素直な気持ちで舞台裏に行き、学生たちを激励した。

彼らは、朝から部分リハーサルを重ねてさらに完成度を上げている。学生演劇ならではの、採算度外視の無償の努力の賜物だ。

主役を演じる学生はもちろん、脇役も裏方も、全員の雰囲気が引き締まっている。

コリンも、いつになく緊張して顔色が青いほどだ。

「皆さん。この公演は、芝居の内容以外のところで注目されているようですが、どうか、そんなことは意識しないで頑張ってください……難しいかもしれないけど」

僕はみんなを激励して、手伝えることは手伝った。稽古の最中に壊れてしまった大道具の補修、照明の当たりの確認、効果音を鳴らす音響装置の配線ミスの修正……。

本番当日だというのに、やる事は山ほどあって、それがようやく整ったのは、開演三十分前というぎりぎりの時刻だった。

舞台袖では弓矢を持った三沢くんが、恐ろしいほどの真剣な表情でコリンと打ち合わせをしている。三沢くんは弓を射る役だから、そのタイミング、方向などを最終的に確認しているのだろう。

その調整も終わったようなので、僕は先日のお礼をしようと近づいたが、三沢くんは僕を見ると目を伏せてどこかに行ってしまった。僕はコリンに声をかけた。

「直前まで大変だね」

「そういうものですよ。ライブなんですから、何が起こるかわかりません」

と、コリンは自分に言い聞かせるように言った。そう言って自分でも緊張をほぐそうとしているのだろう。

そろそろ開場の時刻なので、僕は客席に回った。

すると、中央の一番良い席に田淵夫妻が座っているではないか。奥様はさらに憔悴の度合いが進んでいる。田淵氏も、苛々と落ち着かない様子だ。

「どうも。前理事長にまでご来駕いただき恐縮です」

わざと挨拶してやった。今日までは演劇部の顧問なのだから、このくらいはいいだろう。

田淵氏は驚いた顔になって、何か言いたそうな素振りを見せたが、僕は無視して少し離れたところに座った。

田淵氏の奥方は見れば見るほど窶れきって、気の毒なほどだ。しかし僕としてはどうにも出来ない。ここは割り切ろう。

開演の鐘が鳴り、場内が暗くなった。

芝居が始まった。

大まかな構成は原典通り。第一幕では、デンマークの王子ハムレットが父親急死の報を受けて急遽留学先から母国に帰ってくる。すると母親ガートルードが早くも父の弟クローディアスと再婚しているのに驚き、おおいに憤慨し、父親の亡霊にも「これは弟の陰謀だ。私は弟に殺されたのだ」と言われて混乱する。

台詞が大幅に改変されている場面もある。特にガートルードがハムレットに果敢に反論する場面は原作とまったく違う。

オフィーリアもなぜかハムレットの留学前にハムレットの子供を身ごもり、密かに出産していた、というとんでもない設定に変えられている。

だが女性たちの扱いを別にすれば、そのほかの部分はシェイクスピアの原典に、ほぼ忠実な脚本だ。

学生たちもよくやっている。

そして第二幕。

ハムレットの様子がおかしいのは恋人オフィーリアとのトラブルのせいだということになる。旅回りの劇団がやってくるが、ハムレットは彼らに「王殺しの芝居」を上演させて、今の王クローディアスの反応を見ることにする。

ここで、十分間の休憩が入った。

次の幕で、芝居の設定を巧妙に借りて、コリンは小豆沢義徳氏の殺人場面を田淵前理事長に見せようとしている……既に僕はそのことを確信していた。

それを見た田淵氏がどういう反応をするか、怖い物見たさでワクワクする気持ちさえある。

だがそんなことはまったく知らぬげに、田淵夫妻は客席に座り、手下……いや、相撲部ＯＢに運ばせたお茶などを飲んでいる。

なんだか僕は、何も知らないで座っている田淵夫妻が気の毒に思えてきてしまった。僕のこういう甘いところが日和見(ひよりみ)だ、どっちつかずだと言われる所以なんだろうと思うが、それが僕なのだから仕方がない。

田淵氏が敵意剝き出しで座っていれば、僕だって「ざまあ」としか思わないだろうが、憔悴しきった奥様の瘦せ方と目の下の隈(くま)を見ると、人間、犯した罪からは逃れられない、自分が平気でも、身内に影響が出るのだ……と恐怖を感じざるを得ない。

今、客席に座っているのは、これから生贄(いけにえ)になる老人とその妻にしか見えないのだ。

そして……第三幕がはじまった。

ハムレットはオフィーリアに八つ当たりし、「尼寺へ行ってしまえ！」という例の有名な台詞を発する。それに怯むことなく、「そんなことを仰ってよいのですか、王子様？　留学前にわたくしにしたことをお忘れですか？　その契りの果実をわたくしが産み落とし、ずっと育ててきた、と言ったら、どうなさいます？」と言い返すオフィーリア。

そして……ついに、「先王殺し」の劇中劇が始まった。

暗殺者に扮するのは、三沢くんだ。

原典では、寝ている先王の耳の穴に毒を流し込んで殺すのだが、この公演ではコリンのたっての要望で、殺害方法が大きく変わっている。毒殺ではなく「弓矢による射殺」になったので、アーチェリー部主将の三沢くんが起用されたのだ。

確実に命中するように、そして誤射を避けるために仕掛けもしてある、とのことだったので安心……と思ったら、仕掛けがない！

射たれる先王と三沢くんの間にはテグスのような見えないほどの細い糸が張ってあって、筒状になった矢にその糸が通っているから、誤射がない、安全だと思っていたのだが……。

よく観ると、驚いた事に、三沢くんが構えた弓にセットされた矢には、まったく糸が通っていないではないか！

先王役の役者の胴体は異様に膨らんでいるから、衣裳の下には頑丈な防具が巻かれているのだろうが、矢が防具を外れてしまうかもしれない。

「我が君。お命、頂戴！」と叫ぶ三沢くん。

先王役の学生の、その顔は恐怖で歪（ゆが）んでいる。冷や汗がだらだらと流れている。

「やめよ！　撃つな！　その矢を射るな！」

という声は、たぶん、芝居でも脚本に書かれたセリフでもなく、彼の本心だ。だから、切迫していて、リアルだ。本心から恐怖が伝わってくる。

黒澤明の名作『蜘蛛巣城』大詰めのクライマックスで、マクベス王にあたる役の三船敏郎が矢衾の標的となってブスブスと矢が突き立つのだが、あの撮影には安全対策上のいろんな工夫がされていたらしい。しかし、今、目の前では、いくら三沢くんが名手だとしても、人間に向かって弓を引こうとしているのだ！

僕のすぐ近くに、演劇部の部員がいたので声をかけた。

「ねえ、あれ、大丈夫なのか？　仕掛けは？」

「あれは、最終リハまでは糸を通した矢を使うことにしていたんですが、糸を通した矢だと外しかねないし、逆に危険だということになって、急遽」

そうなのか……だからさっき、三沢くんが真剣な顔でコリンと話し込んでいたのか……。

舞台では、先王が追い詰められて、逃げられなくなった。

三沢くんは再度、「お命、頂戴」と言うと、目を大きく見開いて、歌舞伎のような「間」を置いたあと、弓を引き絞った。

そこにぱたぱたと軽い足音がして、舞台に幼児が走り出てきた。オフィーリアが出産した、ハムレットとのあいだの子供という設定で三沢くんが連れてきた幼児だ。なんだこの子は？　出番を間違えたのか？

さいわい幼児は何ごともなく舞台を横切っただけ。そして矢は飛んで、先王の胸に……と思ったら、なんということか、頭に、それもこめかみのちょっと後ろあたりに命中したではないか！

その衝撃で、先王は「うお！」と叫ぶと仰向けに倒れた。

きゃあ！　という悲鳴が上がった。

本当に射殺(いころ)されたと思った客の誰かが「救急車！」と叫んで、場内は怒号が飛び交って騒然となった。

話が違う。矢は防具を巻いた胸に刺さる筈なのに。僕もパニックになった。

その様子をコリンは冷徹な目でじっと見ている。特に、田淵氏の様子を。

田淵氏は射殺の場面で顔色を変えた。

「なんだこれは！」

すると、田淵氏の奥方が突然、すっと立ち上がるや、憑かれたように激しく笑い始めた。それは、魔女のような狂女のような笑い方だ。完全に冷静さを失っている。

「そうよ！　そのとおりよ！　まさにそうやって私たちは邪魔者を……邪魔だった、あの小豆沢義徳を排除したの！　このキャンパスの自然を護れとか、芝居小屋を残せとか、あいつがカネにならないことばかり言うから」

「よしなさい！」

田淵氏は奥方を黙らせようとしたが、彼女はなおも哄笑(こうしょう)し続けた。

「だから滝田に頼んだの。あんたの子供を的の前に走らせなさいと。そうすれば、あの綺麗事ばかり言う小豆沢義徳は、きっと的の前に飛び出してくるに違いないと」

田淵氏が「おい！」と叫ぶと、相撲部ＯＢの荻島ともう一人が駆け寄り、両側から夫人を抱えて無理やり退場させにかかった。それでも田淵氏の怒りは収まらず激しく動揺して叫んだ。

「上演中止！　上演中止だ！」

その言い方は話に聞く、戦前の特高警察のようだ。

「こんな芝居はすぐに中止だ！　演劇部も廃部だ。この芝居小屋もぶっ壊してやる！」

田淵氏は完全に平常心を失っている。

舞台では射られた先王役の学生が頭を振り、戸惑いながら起き上がっている。どうやら鏃（やじり）はゴムか何かで出来ていたようだ。さすがの腕前。三沢くんは実際の殺人どおり、頭に命中させたのだ！

僕は……こんなトンデモ新演出ハムレットが上演中止になってよかった、と本心では心から安堵していた。もちろんこんな強権発動、それもまったく筋違いの田淵氏が発した命令が効力を持つのか持たないのか僕には判らないし、当然ながらそれに反撥する声も場内の方々から上がっている。

その急先鋒はコートニーだ。

「は？　中止？　何言ってんのあんた？　中止はあんたが疚しいからじゃんよ！」

この人殺しが！　と指を突きつけるコートニーに、田淵氏は激怒した。

「ナニを言いおる、この小娘が！」

「だからそこにいたあんたの奥さんが、たった今、白状したじゃんよ！　それともナニ？　あんたの奥さんは正気じゃないとでも？」

「そうだ。アレは正気ではない！　ずっとノイローゼなんだ！　お前たちがあることないこと……いや、ないことないことをでっち上げてわしらを罪人に仕立て上げようとしてるからだ！　神経が参って当然だ！　アレはもともと気が弱い女なんだ！」

「気が弱い？　よく言うよ。人殺しを仕組んでおいて」

コートニーは吐き捨てた。

「だいたいあんたさあ、いつまで理事長のつもりでいるわけ？　とっくに自分から辞めてるじゃんよ！　演劇部の廃部も、この劇場の解体も、理事長のあたしが許さないからね！」

ぜーったいに許しません！　とコートニーは言い切った。

「ついでにタワー建設も中止。森林の伐採も絶対に認めないから！」

「ば、ば、ばっかもーん！」

　田淵氏が爆発した。

「だからお前は何も判ってないと言うんだ！　そんなサヨクの綺麗事で大学の経営が成り立つと思ってるのか！　これから学生の数はどんどん減っていくし、日本の経済も右肩下がりだ。誰もこんな大学に来ないぞ！」

「ばっかみたい。そんなこと言って最初から勝負に負けててどうすんのよ！　みんなが来たくなるような大学にすればいいじゃんよっ！」

「だから具体的にどうする？　あ〜ん？　お前みたいなバカに、どんな策があるっていうんだ？」

「はい、お二人ともそこまで。演出兼舞台監督の僕からも申し上げることがあります」

　そこでコリンがステージに進み出た。

「みんな、聞いてくれ！　前理事長は高潔の士だ。この学園のために粉骨砕身、努力を惜しまず働いてこられた」

　何を言い出すのだコリンは？　僕はびっくりした。ことここに至って、田淵派に寝返ると言うのか？　コートニーも学生たちも啞然（あぜん）としている。コリンは構わず続けた。

「人は前理事長がゼネコンからの裏金をもらったという。しかしそれもこのキャンパスにタワーを建て、近代的な大学に生まれ変わらせるためだったのだ。言うまでもなく、前理事長は高潔の士だ。古臭い芝居小屋を解体し、美しいが何の役にも立たないキャンパスの森など伐採したほうが生産性が高い。そう前理事長は判断されたのだ。そして前理事長は高潔の士だ。我々学生の表現の場は奪われ、鳥たちは塒を失うが、それと引き換えに大金が手に入るとしたら？　言うまでもなく前理事長は高潔の士だ。裏金など受け取った筈がない。ゼネコンからの大金を前理事長は私して、高価な背広を大量につくって手下に分け与えた、と人は言う。しかし前理事長は高潔の士だ。そこには……確証はないが、たとえば仕立屋の窮状を救いたい、などの高潔な理由があったに違いないのだ！」

そこで客席の学生から野次が飛んだ。

「んなワケねーじゃん。田淵のおっさんが背広を配りまくったのは自分の子分を増やしてチーム田淵にするためだ。誰でも知ってることだぜ！」

「そうだそうだ！　高い背広を着ているやつはみんな子分だ！　田淵ジルシだ！　美味い汁を吸ってるのに決まってるんだ！」

との激しい批判の声が次第に大きくなっていくのを誰も止められない。あの背広を着てこなくて本当によかった……僕はひそかに胸を撫でおろした。

そんな不穏な気配を察してか、着ていたスーツをこっそりと脱ぎ始める紳士まで現れた。

「すみませんでした！　誠に申し訳ない！」

などと言いながら立ち上がり、スーツの上着を脱いで床に叩きつけ、こんなものこんなもの！　と土足で踏みつけ始める紳士もいる。それは理事か教授か。

中には上着だけではなく、ズボンまで脱いでステテコ姿になったり、脱いだスーツに火をつけようとしたのを周囲が慌ててとめたりと、大混乱が起きてしまった。

だいたい、田淵ジルシのスーツを着ている事自体が「権威の誇示」だったのだから、まあこうなるのも仕方がない。僕はと言えば……貰った日以来一度も着ることなく、クローゼットに吊るしたままなのだが。

コリンの演説は続く。

「言うまでもなく、田淵前理事長は高潔の士だ。その高潔の士が学費を値上げするという。ゼネコンからの裏金の噂があり、文部科学省からの補助金百億円が不当にも打ち切られたせいだと田淵氏はいう。人は裏金を私した田淵氏が悪いという。しかし田淵氏は高潔の士だ。氏が高潔の士である以上、真の悪は文科省ではないだろうか？」

この演説のレトリックは『ジュリアス・シーザー』のパクリだ、と僕にはすでに判っていた。マーク・アントニーによるこの演説は実に巧妙で、言葉の上でアントニーは暗殺者ブルータスを褒め称えるのだが、褒め殺しの極みというか、その言葉のすべてが殺害されたシーザーを悼み、暗殺の不当性を明らかにすることに繋がってゆく。そのレトリックをコリンはそのまま使って、田淵氏を褒め称えるように見せかけて、こき下ろしている。

それに呼応して、学生が怒りの声をあげた。極めて正常な反応だ。

「は？　ざっけんじゃねーよ。奨学金とバイトで通っているおれらが、田淵のおっさんの尻拭いをするいわれなんかねーじゃん」

「おっさんが隠し預金を吐き出すべきだ」

「そうだそうだ！」

コリンの弁舌が巧みすぎて、最初は意図が判らず煽るままにさせていた田淵氏も、ようやく真意を悟って激怒した。

「うるさい！　黙れ黙れ！　若造どもが！　親のスネかじりの分際で偉そうなことを言うな！」

「クソジジイこそ黙れ！　ちゃんこ理事長がエラそうにしてんじゃねえよ。今、学生は、奨学金という学生ローンを背負って大学に入ってるんだ！　親のスネはかじったら折れてしまうよ！」

「こんなクソ大学でも、大卒だったら生涯賃金がいいからな！　おれたちに選択肢はねえんだよ。そのへんのこと、デブジジイは判ってねえだろ！」

「なんだと！」

逆上する田淵氏は脳の血管がブチ切れるんじゃないかと心配になるほど顔を真っ赤にしている。

しかしコリンは、そんな田淵氏を歯牙にもかけず、涼しげな声のまま、なおも演説を続けた。

「それだけではない。田淵氏には、本学創立者の孫である小豆沢義徳氏を謀殺した疑惑がある。義徳氏といえば、その美丈夫ぶりはジュピターさながら、弓の腕前はアポロンのごとくの、誠に素晴らしい方であった。だが田淵氏に叛旗(はんき)を翻し、本学の自然を守ろうとしたばかりに、あたら前途有為の若い命を散らしてしまった。しかし田淵氏は言うまでもなく高潔の士である。いたいけな子供を利用し、何の罪もない、無垢(むく)の幼い命を危険に晒してまで、そのような罪に手を染めるわけがないのだ！」

「何を言うか。わしがそんなことをするわけがないッ。ましてや子供を使ってなどと……全部言いがかりだ！」

ここで、何故か客席にいた滝田未亡人が立ち上がった。

それを見た田淵氏はさすがにギョッとした。

「いいえ。うちの子が小豆沢さんの排除に利用されたことは間違いありません。私、あの瞬間を見ていたんですから！　田淵さん、たとえあなたが罪を逃れても、私はあなたを絶対に許しません！」

未亡人は鬼の形相で、田淵氏を指差した。

ここまで来たら……僕も黙っていられなくなった。

「僕からも言わせてください。僕は昨日付けで本学を雇い止めになった非常勤講師の、相良という者です。この演劇部の顧問でもあります。正直に告白すると、このトンデモ、いえ新演出ハムレットの上演が中止になったことは、シェイクスピアを愛する人間として、心からよかったと思う者です。なぜなら、この『ハムレット』新演出は、非常に個人的な動機に基づくものであり、演出家はこの上演を、愛する人を殺された、その復讐に使うつもりだったからです！　復讐を意図するコリンは現理事長のコートニーを言葉たくみに説きつけて、この『ハムレット』を、前理事長・田淵氏による犯罪をそのまま再現する物語に改変したのです！」

場内が、しんとした。

僕が発した言葉の意味がすぐには理解されなかったのだろう。

やがて、ゆっくりと、あちこちで小さな声が漏れ始めた。

僕は、コリンによる滝田殺害の謎ときを続けた。

「滝田氏の殺害、大学職員で、田淵前理事長の側近だった滝田氏がアーチェリー練習場で殺された事件ですが。つい最近起きた事だから、皆さんも記憶に鮮明だろうと思います。警察が捜査をしていますから、いずれ真相は警察が明らかにするでしょう。僕は僕の考えを、ここで述べます」

場内の視線はすべて僕に注がれた。誰かが気を利かせて、僕にスポットライトを浴びせた。舞台に立つ、その快感が忘れられなくなる気持ちがこの時、僕にも判った。

「僕は演劇部顧問ですから、この芝居小屋の構造をよく知っています。この芝居小屋には裏口があって、崖に面しています。通常の道路を使えばここからアーチェリー練習場までは数分かかりますが、崖を滑り降りればわずか十数秒です。僕は実際に降りてみました。そして崖の下には、アーチェリー練習場があります」

僕は間を取って、ゆっくりとコリンを見て、そして田淵氏を見た。

「コリンは自身のアリバイとして、オープンキャンパスの『十二夜』抜粋公演に出演し、犯行時刻にはその後片付けをしていた、と主張、事件当日、コリンはずっとここにいたという証言も多数あった。しかし……崖を降りればすぐそばに練習場があるのです。そしてコリンは舞台衣裳から着替えるために一時、楽屋に姿を消しています。コリンが劇中、身につけていた靴が泥だらけだったという証言もあります」

「けど降りるのが簡単でも、昇るのは大変じゃん！」

コートニーが異議を唱えた。

「崖をどうやって登るのよ？」

「ロープを垂らしたのです。僕が崖を降りた時は転げ落ちましたが、ロープを伝えばスムーズに降りられるし、滝田氏を殺害してからロープを使って昇れば、これまた短時間に芝居小屋に戻れます。前もって滝田氏のスマホに電話かメッセージを入れて的の裏側に呼び出しておけば、射場からは死角になって、犯行は見えません」

「けど動機は？　どうしてコリンが滝田を殺すわけ？」

コートニーはあくまで反論した。

「それは……コリンと、あなたの兄の小豆沢義徳氏が、恋人どうしだったからです！」

コートニーは大きな目をいっそう見開いて、驚愕の表情を見せた。

「そんな……コリンはあたしのことが好きなんじゃなかったの？」

「あなたではない。コリンはあなたの『顔』が好きなだけなんです。お兄さんそっくりの、その顔が」

　性別が決定的な障害になっている、と僕は付け加えた。中味にも難がありすぎる、ということはかろうじて言わずに済んだ。

「つまり……二人は、今の言葉で言えば、ＬＧＢＴだったのです。二人は本当に愛し合っていました」

　コートニーは大きな瞳に涙を溜めて、黙ってしまった。わなわなと唇を震わせている。

「しかし、密かに育まれようとしていた二人の愛は、悲劇的な結末を迎えることになりました。小豆沢義徳氏が大学改革派として担ぎ出されたからです。改革派リーダーとなった義徳氏は、当時の理事長だった田淵氏の敵になるしかなかったからです。そして……愛し合う二人には残酷な別れが待っていたのです」

「そうです。相良先生の仰るとおりです」

　コリンは認めた。そして朗誦を始めた。

「もしも僕のこの愛が真実ではないならば、これまでに書かれたすべての愛の詩(うた)、かつて語られた恋人たちの、すべての言葉も真実ではない」

　反射的に僕もシェイクスピアのソネットを口にしていた。

「If this be error and upon me proved, I never writ, nor no man ever loved……そ

ういうことなのか、コリン？」

「そうです相良先生。引用が正確でなくてすみません。僕たちの愛は、そういう愛でした」

そこでコリンは再び朗誦の声音に戻った。

「さあ、死の鋭い牙よ、もつれた命の結び目を、ひと思いに断ち切っておくれ！」

これは何の引用だ？

ひどく悪い予感がした。

たしか……登場人物、それも女性が死を選ぼうとするシーンで語られる言葉だ……。

コリンは、ステージを降りて客席に向かい、田淵氏に歩み寄った。

愛する人を殺す命令を下した、田淵に。

そのコリンに、忠実に付き従う三沢くん。

「思い出せ、この学園のアーチェリー場で、花の盛りだったあの人を、矢で射殺(いころ)した、その様を」

矢を差し出す三沢。受け取ったコリンは、そのまま田淵の胸をひと突きにして叫んだ。

「絶望して死ね！」

田淵は、自分の身に何が起こったのか咄嗟には理解出来ず、弁慶のように仁王立ちした。

やがて自分の胸を見て、矢が刺さっていることに気づいた田淵は、まるで芝居のように驚くと、喚いた。

「救急車を！　救急車を呼べ！　代わりにわしの隠し預金をくれてやる！　全額だ！　だから救急車！」

こういう時の芝居って嘘くささの極みだと思っていたが、案外リアルなのだと判った。人間は、自分が刺されてもすぐには痛みを感じなくて、目で見て視覚で理解して、状況を察するのだ。

「刺された自分」が判った田淵は、「痛い痛い」「死ぬ死ぬ」と倒れて見苦しく喚いた。

急所は外されたようなのが惜しい。コリンが叫んだ。

「こんなことで僕は刑務所に入りたくない。罪は自らの死を以て償う。義徳さんの後を追う！」

身を翻し舞台裏に走り込むコリン。あとを追った三沢が悲痛に叫ぶ。

「待ってくれ、コリン！　早まらないで」

そんな二人を、僕も追った。

芝居小屋の裏口……通用口を目がけてコリンは疾走している。

そして、その先には崖がある。

絶対に死なせてはならない。これほどの美しいひとを……と、走りながら僕も感じていた。思いがけないほどの、心の痛みを。

自分はヘテロだと思っていたのだが……。

すぐ先には崖。

コリンはそこから飛び降りようとしている。

僕は滑り落ちただけだが、まともに飛び降りたら、首の骨を折って死んでしまうだろう。

だめだ。とても追いつけない。

僕も三沢くんも、絶望したその時。

背後からどすどすどす、という足音が轟(とどろ)き、疾風のように僕たちを追い越した者がいる。怒濤の追い上げでコリンに迫っているのは……誰あろう、コートニーだった。

「だめだよコリン！　絶対に死んじゃダメ！」

コリンは振り返った。うなずき、最後に目にしたコートニーの顔に、満足したような笑みを浮かべたコリンの足が、地面を蹴った。

その身体が宙を舞う。

「ガッデム！」

コートニーが叫びコリンに飛びかかった。

二人はもろともに崖を転がり落ちた……。

エピローグ

コートニーは骨折して入院していたが、そろそろ退院するというので、僕は見舞いに行った。

片思いだったコリンを助けるために、崖から身を投げようとした彼に飛びかかり、一緒に転がり落ちた結果、コートニーは足を折ってしまったのだ。

「何度聞いても、理事長、あなたがニュージャージーのハイスクールで陸上の選手だった、というのが信じられないんだけど」

「まあ別に信じなくてもいいけどさ」

松葉杖をついて病院の中庭を歩くコートニーは、なんだか不貞腐れている。そんな彼女に付き添って、僕も歩いた。

二人が崖から転がり落ちてから今日までの間にいろんな事が一気に起きた。

「芝居小屋を守れ」「学費値上げ反対」の声は一気に昂まり、「反田淵」「田淵派完全追放」の動きは、田淵前理事長の逮捕で頂点に達した。

田淵夫妻と田淵派の中の主だった人間……相撲部ＯＢで職員の荻島までもが、ほとんど根こそぎ逮捕された。

田淵派は音を立てて崩壊。学内広場で「高級スーツ」を脱ぎ捨てて焼き払い、「田淵ではなくコートニーに忠誠を誓う」パフォーマンスをする理事まで現れて、それはそれで笑いものになった。

君も貰ったんじゃないの、スーツ？　と江藤先生に追及されたが、ろくに着ていないのに処分してしまうのは、なんの罪もない服に対して可哀想だ。着る機会はないかもしれないし、そのうちに僕が太るか痩せるかしてサイズが合わなくなるかもしれないが、記念として取っておくつもりだ。

しかし……啓陽大学は危機を迎えていた。

田淵が引き起こした一連の不祥事（殺人まであるんだから！）によって文科省の補助金を打ち切られてしまった。かくなる上はキャンパスを大手不動産会社に売るか、あるいは高級官僚の天下り先となって、事実上、文科省の植民地になるしかないのだ。

「コリンの名演説は凄かったのになあ。あれがこの事件の華だったのかなあ」

かもね、とコートニーは応じた。

「あたしもこの足が治ったら理事長は辞めてアメリカに帰るからね。不動産会社だか役人だか知らないけど、そんな連中の言いなりになっても面白くないし」

コートニーがサラッと言った。

「そんな無責任な……」

「どうして？　だってスポンサーが変わればアタシはクビになるよ。クビにされる前に辞めるんじゃん」

そう言った彼女は僕に握手を求めてきた。

「短い間だったけど、楽しかったよ。ハムレットの上演とか。でもコリンはハムレットを仇討ちに利用しただけだったんだね。てっきりコリンはあたしのことが好きなんだ、とばかり思って気を良くしていたのに、女は愛せない人だったって、なんなのそれ？　あなた、コリンがどこに入院してるか、知らない？」

「知ってたら？」

「復讐に行く！」

「止めときなさいって」

僕はやんわりと窘めた。

「じゃあ、美味しいアイス買ってきてよ。病院を出て右に行くと千葉の牧場直送の牛乳で作った美味しいアイスを売ってる店があるの。そこのを買ってきて」

パシリかよ、と思ったが、まあ見舞いに来てるんだし、それくらいのサービスをしてもいい。

注文の品を買って帰ると、ベンチに座ったコートニーは、何やら華やいでいた。さっきの諦観したようなフラットな顔とはかなり違う。

「おや、なにかいいことあったんですか？」

「判る？」

と言う顔は薔薇の花のように明るく華やかだから、いいことがあったに決まっている。

「たった今、パロアルトにいるダディから電話があった。ダディがうちの大学を買収するんだって」

「は？」

僕は、目がテンになった。

「買収？　啓陽大学を？　誰が？」

「だから今言ったじゃん。あたしのダディが」

コートニーは真顔で言った。

「言ってなかったっけ？　あたしのマムは兄を産んだあと、世界を放浪して日本に来ていたダディと恋に落ちて、何もかも捨ててアメリカに逃げたの。あたしが生まれて二人はすぐに別れたけど、ダディはその後、ＩＴの会社を興して成功したたんだ」

養育費は一セントも払ってもらってないけど、とコートニーは付け加えた。

「スティーブ・ジョブズみたいな人なんだね」

「どこが？　養育費バックレたところ？　まあそれはともかく、時価総額で言えばGAFAMの次ぐらいにくる企業にはなってるのね、ダディが作った会社は」

養育費は一セントももらってないけど、とコートニーはもう一度、念を押すように言った。

「でもって、そのダディがうちの大学を買うって言ってる」

なんだかマンションを買うみたいな口調で言っているが……大学って幾らで買えるのだろう？

「タブチは大学から金を引き出して私腹を肥やしたドロボーだけど、ダディはその逆で、ここに投資するんだって」

「で、今度は誰がトップになるんですか？」

そう訊いた僕に、コートニーから思いっきり「はぁっ？」と言われてしまった。

「アタシだよ。引き続きアタシが理事長」

よっぽど僕の顔に不満が浮かんだのだろう。

彼女は「ダディが言ってた。日本の私立大学の強味は同族経営という点にあるんだって。その結束力で政府といろいろ交渉して、十八歳人口激減のピンチも切り抜けたんだって」と付け加えた。

「だから創立者の孫とタネ違いのきょうだいであるあたしが理事長を続けるの。我らが不満の冬も終わり、ってトコだね」

コートニーの口から出た思いがけない引用に僕は驚いた。

「どういう風の吹き回しですか？　読んだんですか『リチャード三世』？」

「そりゃあね。あたしだっていつまでもおバカキャラじゃいられないもの」

なんたって理事長さまなんだし、と威張るコートニーに、「自覚してたんだ？」と思わず突っ込んでしまった。

「なによ、あんた、あたしを怒らせようっての？　でもそれだけじゃなくて……コリンのお見舞いに行こうと思ってるんだ、あたし。病院か、それとも拘置所かは判らないけど。意識が戻るかどうかも。だから、それまでにコリンの好きなもの、少しでも知りたいと思って」

「レクチャーしますよ。いくらでも。シェイクスピアのことなら」

「出た！　マンスプレイニング。男の見下したような、自信過剰な、そしてしばしば不正確な、または過度に単純化された方法で、女性や子ども相手に何かについてコメントしたり、説明したりすること、だよね？」

すらすらと定義を述べるコートニー。

「いやいや、だって僕は一応、シェイクスピアを専門にしてる人間ですよ。男とか女とか関係ないでしょ！」

「じゃあ、アタシはアタシでアンタに何か教えてあげる。何が知りたい？」

軽口を叩き合いながら、僕もコリンのお見舞いには一緒に行こう、と思うのだった。

参考文献

『日本の私立大学はなぜ生き残るのか－人口減少社会と同族経営：1992-2030』ジェレミー・ブレーデン　ロジャー・グッドマン　石澤麻子訳　中公選書　２０２１

『ハムレットもしくはへカべ』カール・シュミット　初見基訳　みすず書房　１９９８

『十二夜（THE KENKYUSHA SHAKESPEARE 19）』市河三喜、嶺卓二訳　研究社　１９６４

『ハムレット（対訳・注解　研究社シェイクスピア選集８）』大場建治／編注訳　研究社　２００４

『シェイクスピア全集25 ジュリアス・シーザー』松岡和子訳　ちくま文庫　２０１４

リチャード三世（シェイクスピア）15の名言・名台詞《英語原文つき》https://rhinoos.xyz/archives/58038.html#2

アントニーとクレオパトラ（シェイクスピア）の名言13【英語原文付き】https://rhinoos.xyz/archives/60284.html

リア王の名言30選　心に響く言葉 https://live-the-way.com/movie-drama/king-lear/

シェイクスピア　ソネット18番・116番

『一冊でわかるシェイクスピア作品ガイド37』出口典雄監修　成美堂出版　２００６

初出　第一話　Ｗｅｂジェイ・ノベル　二〇二二年三月十五日配信
それ以外は書き下ろし

実業之日本社文庫 あ88

悪徳令嬢（あくとくれいじょう）

2022年8月15日　初版第1刷発行

著　者　安達瑶（あだちよう）

発行者　岩野裕一
発行所　株式会社実業之日本社
〒107-0062　東京都港区南青山5-4-30
emergence aoyama complex 3F
電話 [編集]03(6809)0473 [販売]03(6809)0495
ホームページ https://www.j-n.co.jp/
DTP　ラッシュ
印刷所　大日本印刷株式会社
製本所　大日本印刷株式会社

フォーマットデザイン　鈴木正道（Suzuki Design）

ISBN978-4-408-55745-8（第二文芸）